난세의 풍류객

마치원의 산곡 세계

김 덕 환

지식과교양

책머리에

십삼 세기 초에 중국의 북방 초원지대에는 칭기즈칸과 그 후손들에 의해 세계적으로 유례를 찾기 어려운 강력한 유목민족 국가 체제가 건설되어 중국을 넘어 유럽 지역까지 막강한 영향력을 행사하였다. 특히 칭기즈칸의 손자인 쿠빌라이는 초원의 내분을 신속히 안정시키고 말고삐를 남쪽으로 돌렸다. 그는 광대한 초원과 중원지역을 가장 효과적으로 통치하기 위해 베이징에 수도를 정하고 국호를 원(元)이라 한 다음 끝까지 대항하던 남송을 멸망시켰다. 이로써 마침내 중원지역은 칠십 여년에 걸친 전쟁이 종식되고 북방 유목민족에 의한 새로운 정복왕조가 설립되었으며 이는 그동안 중원의 주인이라 자처해왔던 한족 지식인들에게 큰 재앙으로 다가왔다. 약 97년간(1271-1368) 전 중국을 지배한 몽고 통치자들은 중국의 전통 법제와 문화를 말살하고 농업경제 기반까지 파괴하였으며, 민족차별 정책을 시행하여 한족 지식인들을 평민 중에서도 최하위 계층으로 강등시켰다. 이에 한족 지식인들은 근본적으로 정치 참여의 기회가 박탈당하였으며, 운이 좋아 관리가 된다 하더라도 실권은 없고 몽고인이나 색목인의 하수인에 불과할 뿐이었다.

이러한 상황 아래에서 전통 학문과 사상은 물론 문학적으로 문단에는 일대 변혁이 일어났다. 쿠빌라이 시대에 성리학이 관학으로 채택되는 특이한 현상도 산생되었지만 그것은 중원지역을 효과적으로 통치하기 위한 몽고 지배자들의 교묘한 수단이었고, 과거 제도의 폐지로 일반적인 전통 문인들은 그간에 쌓은 지식과 재능을 발휘할 기회가 원천적으로 봉쇄되었다. 이로 인해 시문 위주의 전통문학은 이전 시대에 비해 급격히 쇠퇴하는 양상으로 흘러갔으나, 이에 반해 평민으로 전락한 한족 문인들에 의해 새로운 민중 문학이 그것을 대신하여 빛을 발하는 기현상이 출현하였다. 문학적인 측면에서 보면 원대는 곡(曲)이라는 새로운 통속문학이 본격적으로 발흥하는 계기를 마련한 시대였던 것이다.

한 시대를 대표하는 문학 양식을 이야기할 때 당대의 시, 송대의 사와 더불어 원대의 곡을 함께 일컫는다. 원곡은 산곡과 잡극으로 나누어지는데 산곡이 당시와 송사의 정통 운문을 계승한 것이라면 잡극은 노래·동작·대사가 어우러진 일종의 종합 공연예술이다. 20세기에 이르기까지 원곡은 잡극을 중심으로 논의되어 왔으며, 산곡이 세인들의 주목을 받게 된 것은 그렇게 오래되지 않았다. 산곡총집 발간의 시작이라 할 수 있는 임중민(任中敏)의 『산곡총간』은 1930년대에 출판되었고, 원대의 산곡전체를 파악할 수 있게 한 수수삼(隋樹森)의 『전원산곡』은 1960년대에 출판되었다.

이에 힘입어 산곡연구가 지속적으로 이루어지다가 1990년 중국산곡연구회가 결성된 후 중국에서는 산곡영역에서 획기적인 연구 분위기가 조성되어 상당한 성과를 거두었다. 이에 비해 국내의 경우는 아직도 산곡 연구자들이 거의 없을 뿐만 아니라 그 결과물도 찾아보기 쉽지 않다. 현재까지도 산곡전집이나 선집에 대한 역서가 거의 없는 국내의 상황에서 산곡연구가는 물론이고 중국문학 연구가나 일반 독자들을 위해 산곡역서가 나오는 일은 절대적으로 필요하다 하겠다.

본서는 원대산곡 작가들의 작품을 국내에 번역하여 소개하는데 목적이 있으며 그 서막을 원대산곡의 가장 뛰어난 작가로 평가받는 마치원으로 시작하고자 한다.

마치원이 원대산곡에서 차지하는 위치는 흔히 당시의 이백이나 송사의 소식에 비견된다. 그는 산곡과 잡극의 두 영역에서 모두 탁월한 재능을 발휘하여 원곡문단에서 많은 추앙을 받아왔다. 잡극에서도 그는 원곡4대가의 한 사람으로 관한경·왕실보 등과 어깨를 나란히 하였으며, 한 원제와 왕소군의 사랑이야기를 주제로 한 「한궁추」를 비롯하여 모두 15편의 잡극을 창작하였다. 산곡에서 마치원은 원대작가 중 최고라는 찬사를 받아왔는데, 작품의 수적인 면에서는 물론이고 내용과 제재의 범위, 예술적 가치, 후세에 미친 영향 등 모든 방면에 있어서 다른 작가들을 압도하였기 때문이다.

현재 원대산곡 총집이라 할 수 있는 수수삼의 『전원산곡』에는 현존하는 마치원의 산곡이 131수 수록되어 있으나, 이후 그의 소령 2수와 투곡 6수가 추가로 발견됨으로써 그의 산곡은 모두 139수(소령 117, 투수 22, 잔곡 4)로 증가하였다.

본서에서 번역한 마치원의 산곡은 수수삼의 『전원산곡』(한경문화사업유한공사, 1983)을 저본으로 하고 유익국(劉益國)의 『마치원산곡교주』(북경서목문헌출판사, 1989)와 구균(瞿鈞)의 『동리악부전집』(천진고적출판사, 1990)을 비교 검토하여 필요한 부분은 주석을 가하고 해설을 덧붙였다. 이 책에서 번역한 마치원의 산곡은 거의 전 작품에 가까운 117수(소령 106수, 투수 11편)를 선별하여 수록하였으니, 사실상 마치원 산곡의 전 면모를 살펴볼 수 있는 분량으로는 충분하다고 하겠다. 여기에서 번역하지 못한 남은 부분들은 다음을 기약하며 이 책의 출판을 위해 협조를 아끼지 않으신 출판사 임직원 여러분께 감사드린다.

2018년 4월 호은재에서 저자 씀

난세의 풍류객
마치원의 산곡 세계

제1장
마치원과 그의 산곡

1. 마치원과 그의 삶

마치원의 호는 동리(東籬), 지금의 베이징인 대도(大都) 출신으로 관한경·백박·정광조와 함께 원곡사대가라 일컬어진다. 그는 정통관료 출신으로서 산곡창작을 겸한 노지와 같은 시대에 활동하였으며 왕백성·장가구보다 약간 이른 약 1250년 전후에 태어났다. 어릴 때부터 전통유가 교육을 받으며 성장하여 청년시기에는 벼슬길에 진출하여 명성을 크게 떨치고 싶은 원대한 포부를 품기도 하였다. 그러나 당시 중국사회는 몽고족의 지배체제 아래에 놓여 있었기 때문에 마치원과 같은 한족 출신 문인들은 자신의 뜻을 펼칠 기회를 제대로 부여받지 못해 실의에 찬 나머지 크게 상심하며 한탄하였다. 이에 그는 주된 근거지를 강남지역으로 옮기면서 정처없는 유랑생활을 하게 되며, 이러한 생활은 그가 사십대 후반에 은거하기 전까지 약 이십여 년 동안 계속 이어진다. 이 시기에 그는 강절행성무관(江浙行省務官)이라는 낮은 관직을 역임하기도 했었다.(『녹귀부』)

그는 사십대 이전에 이미 잡극 「한궁추」와 「악양루」를 창작하여 잡극과 산곡으로 이미 원곡문단에 크게 명성을 떨친 바도 있었다. 사십대 초·중반인 원정연간(1295-1297)에는 이시중·홍자이이·화리랑과 함께 대도에서 원정서회를 결성하여 잡극 「황량몽」을 공동으로 창작하기도 하였다. 그리고 사십대 후반으로 접어들면서 더 이상 뜻을 펼 수 없는 한계상황에 부딪쳐 결국 은거의 길을 택한다. 그는 설령 사마상여와 같은 뛰어난 재능이 있을지라도 그것을 알아주는 사람이 없는 상황에

서 은거의 길을 택할 수밖에 없었던 착잡한 심정을 산곡작품에
담아내었다. 이렇게 그는 "술에 취한 신선, 세속을 떠난 나그
네, 산림속의 벗(酒中仙, 塵外客, 林間友)"과 같은 은자의 삶
을 보내다가 대략 1320년을 전후하여 세상을 떠났다.

   마치원의 생애에 관한 사료는 극히 적은 관계로 단지 그의
산곡작품을 통해서 생애의 대략적인 윤곽을 이해할 수밖에 없
다. 아래에 선록한 마치원의 산곡 40구는 원곡작가 마치원의
생애에 관한 자술이다.

   잠시 돌아보면 나는 어린 시절에,
   시를 지어 조정에 바친 적도 있었다네.
   且念鯫生自年幼, 寫詩曾獻上龍樓. ([黃鐘] <女冠子>)

   구중궁궐에서,
   이십년 동안, 용루와 봉각을 모두 보았었지.
   九重天, 二十年, 龍樓鳳閣都曾見. ([雙調] <撥不斷>)

   옛날에는 철갑마 타고 연조(燕趙) 땅을 누비며,
   왕복하여 내달려도 배를 탄 듯 편안했는데,
   昔馳鐵馬經燕趙, 往復奔騰穩似船. ([中呂] <喜春來>)

   나는 본래 풍월을 즐기는 사람.
   東籬本是風月主. ([雙調] <清江引>)

   기이한 명성을 도처에 크게 떨쳤다네.

怪名兒到處裏喧馳的大. ([大石調] <靑杏子>)

세상일을 많이 알았기에.
(世事飽諳多.) ([大石調] <靑杏子>)

빈틈없이 줄지어 먹이 찾는 개미떼,
이리저리 흩어져 꿀을 따는 꿀벌들,
허급지급 피를 다투는 파리 떼를 보는 것 같구나.
看密匝匝蟻排兵, 亂紛紛蜂釀蜜, 鬧攘攘蠅爭血. ([雙調] <夜行船>)

낚시하는 사람도,
여전히 세상풍파 속에 있으니.
便作釣魚人, 也在風波裏. ([雙調] <夜行船>)

시비의 입을 영원히 열지 않으리라.
永休開是非口. ([雙調] <行香子>)

나는 반평생을 헛되이 보냈다.
東籬半世蹉跎. ([雙調] <蟾宮曲>)

하마터면 종신의 대계를 그르칠 뻔 했다네.
險些兒誤了終焉計. ([般涉調] <哨遍>)

이십년 유랑생활.
二十年漂泊生涯. ([大石調] <靑杏子>)

나라는 이미 망했으니.
國已亡.([南呂]〈四塊玉〉)

매우 곤궁한 중원의 베옷 입은 사람이여.
困煞中原一布衣.([南呂]〈金字經〉)

하늘에 오를 사다리가 없음을 서러워하노라.
恨無上天梯. ([南呂]〈金字經〉)

수척한 육신, 근심스런 마음.
瘦形骸, 悶情懷.([雙調]〈撥不斷〉)

아내는 살쪘겠지만 나는 수척해졌다.
妻兒胖了咱消瘦.([南呂]〈四塊玉〉)

마침내 홀로 고뇌에 찬 술을 마시네.
儘場兒吃悶酒.([南呂]〈四塊玉〉)

석양은 서쪽으로 기우는데,
애끊는 사람 하늘가에 있네.
夕陽西下, 斷腸人在天涯.([越調]〈天淨沙〉)

베갯머리에서도 걱정이고,
말위에서도 근심이니,
죽은 뒤에나 편히 쉬겠지.
枕上憂, 馬上愁, 死後休.(상동)

내 머리는 숙여도 기개는 못 낮추고,
몸은 굽혀도 마음은 굽히기 어렵네.
我頭低氣不低, 身屈心難屈.([雙調] <夜行船>)

가난한 선비를 한탄하며,
독서를 경멸한다.
嘆寒儒, 謾讀書.([雙調] <撥不斷>)

백년 세월도 한 마리 꿈속의 나비,
다시 돌아보아도 지난일은 탄식뿐이네.
百歲光陰一夢蝶, 重回首往事堪嗟.([雙調] <夜行船>)

한적한 몸 세속 밖으로 뛰쳐나왔네.
閑身跳出紅塵外.([南呂] <四塊玉>)

백발이 나를 깨쳐주었네,
서촌이 은거하기 가장 좋다고.
白髮勸東籬, 西村最好幽棲.([般涉調] <哨遍>)

봄바람에 두이랑 밭에 씨를 뿌리고,
세속의 천길 파도를 멀리하니.
種春風二頃田, 遠紅塵天丈波.([南呂] <四塊玉>)

서까래 세 개 얹은 초라한 집을 지어.
蓋蝸舍三椽屋.([雙調] <夜行船>)

만년에 정원의 풍치를 즐기노라.
조롱박 시렁아래 베개 베고 누었다가,
수양버들 사이를 몇 번이나 오가네.
晩節園林趣, 一枕葫蘆架, 幾行垂楊樹.([雙調] <淸江引>)

귀밑머리 희끗희끗, 중년이 지났는데,
무엇하러 구구하게 고생하며 세상일을 계획하리오.
兩鬢皤, 中年過, 圖甚區區苦張羅.([南呂] <四塊玉>)

명리도 다하고, 시비도 그쳤네.
利名竭, 是非絶.([雙調] <夜行船>)

사립문에 한평생 거마 소리 끊어졌네.
柴門一任絶車馬.([雙調] <新水令>)

산속의 재상이 되어,
인간사에 관계하지 않을 수 있는데.
會作山中相, 不管人間事.([雙調] <淸江引>)

사람들이 나를 찾아오면 아이야 기억해두어라!
북해의 공융이 찾아온다 해도,
나 동리는 술에 취했다고 말하라.
人問我頑童記者, 便北海探吾來, 道東籬醉了他.([雙調] <夜行船>)

2. 마치원의 창작 활동

마치원은 산곡과 잡극 두 분야에서 모두 탁월한 재능을 발휘
하여 후세에 많은 추앙을 받았다. 먼저 잡극은 총 15편을 창작
하였으며, 현존 하는 것은 「한궁추」·「천복비」·「악양루」·「진
단고와」·「청삼루」·「임풍자」·「황량몽」(이시중 등과 공동창
작) 7편이 『원곡선』과 『맥망관초교본고금잡극(脈望館鈔校本古
今雜劇)』에 수록되어 있다. 그 중에서 「진단고와」와 「임풍자」
는 『원간잡극삼십종』에도 수록되어 있다. 잔존본 「도원동」 1편
은 『태화정음보』와 『북사광정보』에 수록되어 있고, 목록만 남
아있는 것으로는 「맹호연」·「주덕송」·「척부인」·「마단양」·「세
한정」·「답설심매」·「재후종」 등 7편이 있다.
　마치원의 산곡은 원대전기 작가 중에서 수량이 가장 많은 편
이다. 마치원의 산곡은 전집이 없고 각종 곡선·곡보·사집과
필기 등에 산견되던 것을 1930년대에 임중민이 처음으로 『동리
악부』(『산곡총간』 권1)에 117수(소령 104, 투수 17, 잔곡 5)
를 수집 정리하였고, 1962년에 수수삼이 『전원산곡』에서 이를
보완하여 131수(소령 115, 투수 16, 잔곡 7)를 수록하였다.
1989년에 이르러 유익국은 『전원산곡』의 잔곡 7수 중 [황종]
<여관자> 「왕료한수(枉了閑愁)」와 [상조] <수선자> 「서광최
(曙光催)」를 완전한 투수에 포함시키고 그간의 연구 성과를 종
합하여 마치원의 산곡 133수(소령 115, 투수 18, 잔곡 5)에
대한 최초의 교주본인 『마치원산곡교주』를 출간하였으나, 여기
에는 아쉽게도 1980년대에 추가로 발견된 마치원의 산곡 8수
가 수록되지 못하였다. 1990년 구균은 1980년대에 추가로 발
견된 마치원의 산곡 8수(소령 2, 투수 6)를 다시 보충하여

139수(소령 117, 투수 22, 잔곡 4)로 편집 정리하고 각각의
작품마다 해제와 주석을 가한 『동리악부전집』 편주본을 출간하
였다.

3. 마치원의 작품 세계

잡극에서 마치원은 관한경·백박·정광조와 함께 사대가로
일컬어지지만, 산곡 창작에서는 그가 이룬 성취가 제일 뛰어나
다. 그는 산곡의 범위를 확대하고 산곡의 경계를 개척하는 등
시·사와 구별되는 산곡 특유의 풍격과 언어 형성에 가장 큰
공헌을 하였으며, 산곡의 문학적 지위를 한층 제고시켜 당시와
송사를 계승하여 중국 고대시가사상 한 시대의 운문을 대표하
는 형식이 되도록 하였다. 원대의 주덕청과 명대의 주권·이개
선·왕세정·왕기덕, 청대의 이조원·초순·능정감·양정단 등
은 모두 그를 지극히 추앙하였다.

마치원의 산곡이 원대 이후 청대에 이르기까지 많은 문학가
들의 찬사를 받은 이유는 거기에 좌절에 대한 불만과 신세에
대한 탄식 등의 주제를 통속적인 문학양식으로 표현한 데 있
다. 그것들은 모두 그가 불합리한 현실을 분개하고 증오하며
지은 작품들로, 재능은 있어도 뜻을 펼칠 기회가 없는 지식인
의 한 맺힌 울분을 집중적으로 쏟아내어, 회재불우 한 지식인
의 처지와 근심을 통해 원대의 사회적 현실을 반영하였다.

세상을 한탄하고, 역사를 이야기하고, 은일을 노래한 작품이
그의 산곡 중에서 절반 이상을 차지한다. 세상에 대한 감개, 역

사적으로 한 시대를 풍미한 풍운아들에 대한 냉담한 태도와 은
거생활에 대한 소망을 통해서 뜻을 이루지 못한 작자의 불만과
불평을 어렵지 않게 발견할 수 있다. [쌍조] <수양곡>「소상팔
경」 등과 같은 자연풍경을 묘사한 곡들에서 조차 밖으로는 담
백하고 조용한 자연풍경을 묘사하면서 안으로는 편안하고 고요
한 자연환경에 대한 동경을 표현하여 어지러운 세상에 대한 혐
오를 반영하였다. 그의 불만과 불평은 작품 속에서 직접으로
분명하게 표현된 것이 아니라, 분노가 치밀어 오르지만 오히려
세상의 이치를 꿰뚫게 되었다고 역설하는 호방한 기개와 소탈
한 정서로 나타났다. 그는 사람들에게 적극적으로 항쟁하도록
격려한 것이 아니라 처해진 환경에 안주하거나 산림으로 은둔
하도록 인도하였다. 그렇게 할 수 밖에 없었던 이유에 대해서
는 아래와 같이 그의 개인 신상이나 시대적 환경 및 문단의 기
풍에서 찾아볼 수 있다.

　원대 통치자들의 정계진출에 대한 제한과 음서(蔭敍)·형
벌·금령 등 여러 규정을 통해 원대사회의 잔혹한 민족차별과
계층 간의 압력은 엄연한 사실로 확인된다. 한족 문인과 남인
은 미래의 삶에 대한 보장이 없었고, 정치적으로도 가장 심한
핍박을 받았으며, 경제적으로는 더욱 참혹한 수탈을 당했다. 특
히 일반 유생들은 역사상 전례를 찾아볼 수 없는 액운을 만났
다.『원사·선거지』에 의하면 원 태종 9년(1237)부터 인종 황
경(皇慶) 3년(1314)까지 70여 년간 과거를 폐지하여 유생들
은 자신과 가문을 위해 입신출세 할 수 있는 길이 막혀버렸다.
사방득(謝枋得)의 『송방백재귀삼산서(送方伯載歸三山序)』에
서는 "우리 원나라의 법제는 사람을 십 등급으로 나눈다. 첫

째가 고관(官)이고, 둘째가 서리(吏)인데, 앞에 있는 자가 존귀하고 존귀한 자가 나라에 유익하다고 한다. 일곱째가 장인(匠)이고, 여덟째가 창기(娼), 아홉째가 유생(儒), 열째가 거지(丐)이다. 뒤에 있는 자는 천박하고 천박한 자는 나라에 무익하다고 한다. 아, 비루하구나. 창기의 아래 거지의 위에 놓여 있는 것이 지금의 유생들이다!" 라고 하였다. 여기에서 원대 지식인들의 지위가 얼마나 낮았는지를 충분히 알 수 있다. 당시에 중앙과 지방의 행정장관은 모두 몽고족이나 색목인들이 맡았고, 한족은 잘해야 그들을 보좌하는 역할 정도만 맡을 수 있을 뿐 어딜 가든 항상 배제되었다.

그럼에도 당시 유생들은 몽고족 통치자들에게 감히 직접적으로 대항할 수도 없었다. 원대의 법률 규정에 의하면, 사곡을 함부로 지어 나쁜 말로 윗사람을 모함하는 자는 사형에 처한다거나, 사곡을 함부로 지어 조롱하는 자는 귀양을 보낸다고 하였기 때문이다. 그래서 그들은 산천을 유랑하며 술을 벗 삼는 즐거움과 은거생활의 동경을 노래하면서 가슴 속에 가득 쌓인 울분을 씻어낼 수밖에 없었던 것이다. 원대 사람들이 편찬한 산곡집을 펼쳐보면 유병충·노지·요수 등 고관대작들에서 관한경·백박·유천석 등 잡극작가에 이르기까지 그와 같은 정서를 반영한 작품들이 많다. 이러한 풍조의 영향 아래에서 마치원의 산곡에도 예외 없이 그러한 한적함을 노래한 작품들이 많다. 원대산곡 속에 반영된 당시 지식인들의 처지와 근심은 우리가 오늘날 원대라는 특수한 사회를 이해하는 데 상당한 가치와 의미를 지니고 있다.

4. 마치원 산곡의 예술적 가치

마치원의 산곡작품은 예술적으로 가치가 높을 뿐 아니라 대표성도 잘 갖추고 있다. 어떤 사람들은 마치원을 중국 산곡사상 최고의 반열에 올려놔야 한다고 추앙하는데 이것은 절대 근거 없는 말이 아니다. 명대에 왕세정(王世貞)·서위(徐渭)·왕기덕(王驥德)·위량보(魏良輔) 등과 같은 희곡작가들은 남북곡의 풍격 차이에 대해 상세하게 비교하였는데, 여기에서 원대 북곡의 풍격이 호방·웅장·소탈을 특징으로 하고 있다는 사실을 알 수 있다. 마치원의 산곡은 북곡의 풍격 특징을 가장 잘 구현하였다고 평가되고 있다. 그의 115수의 소령 가운데서 호방한 곡이 대략 절반 이상을 차지하고, 18편의 투곡 가운데서도 거의 절반을 차지한다. 특히 그의 산곡은 경계가 거리낌 없어 웅장하면서 아름답고 생각이 초연하면서 소탈하다. 언어는 유창하고 음절을 경쾌하여 다른 사람들이 그 뒷발치도 따라가기 힘들 정도이다.

마치원 산곡의 호방과 소탈을 논자들은 항상 송사(宋詞)의 소동파에 견주곤 한다. 소동파의 사가 호방하면서도 완약한 것처럼 마치원의 산곡도 여러 가지 다양한 풍격을 가지고 있다. 왕기덕은 『곡률·잡론』에서 그를 두보에 비유하였고, 왕국유는 『송원희곡고』에서 그를 이상은(李商隱)과 구양수(歐陽修)에 비유하였다. 이러한 비유를 꼭 정확하다고는 할 수 없겠지만, 여기에서 마치원의 산곡 풍격이 다양하다는 사실을 확인할 수 있다. 그의 산곡은 제재가 다르면 풍격도 다르게 나타났다. 자연 풍경을 묘사한 곡의 염담(恬淡)과 정밀(靜謐)은 마치 한 겹 한 겹 물들여가는 옅은 수묵화처럼 독자들의 가슴 속으로 스며들

어간다. 남녀 간의 사랑을 묘사한 작품은 호방한 곡들에 묻혀
있지만 실제로는 관한경·왕실보·노지에 비해 작품성이 전혀
떨어지지 않는다. 그의 풍격은 다른 작가들의 호방한 작품과
다르고, 관한경의 아름답고 로맨틱한 애정곡과도 많이 다르다.
진실한 말이나 간절한 마음, 깊은 감정 등으로 좀 더 깊고 진
지한 사랑을 표현하였다. 투수 [반섭조] <쇄해아> 「말을 빌려
주며(借馬)」는 그의 산곡 중에서 또 다른 풍격을 대표하는 작
품으로, 심리묘사가 세밀하고 적절하며 풍격이 해학적이다. 엄
숙하면서 진지한 필치로 풍자적 의미를 갖춘 세상인심을 묘사
하였기 때문에 이개선은 『사학(詞謔)』에서 마치원을 일러 변화
를 예측하기 어려운 재능을 가지고 있다고 평하였던 것이다.

　왕국유는 『송원희곡고』에서 "원대 잡극의 가장 아름다운 점
은 그 사상 구조에 있지 않고 그 문장에 있다. 그 문장의 기묘
함은 한 마디로 말하면 의경(意境)에 있을 따름이다."라고 하
였다. 원대 잡극뿐만 아니라 산곡도 그러하다. 마치원의 산곡은
의경이 아주 풍부하다. 예를 들어 그의 [쌍조] <야행선> 「가을
생각(秋思)」은 역대로 원곡 투수 가운데 으뜸이라는 평가를 받
았다. 명대에는 단병(段炳)과 모진(茅楱)이 그 곡에 화답하였
고, 청대에는 허보선이 화답한 것이 7편 이상이나 되지만 아류
라는 조소를 면하기 어렵다. 주덕청은 『중원음운』에서 "이것
이 비로소 악부이다. 운을 중첩하지 않고 츤자도 없으며 운이
기험하고 언어가 준일하다. 사람들은 백 개 가운데 하나도 없
다고 말하지만, 나는 만 개 가운데 하나도 없다고 하겠다."라
고 평하였다. 왕세정은 『곡조(曲藻)』에서 "마치원의 「백세광
음(百歲光陰)」은 호방하고 자유로우면서 웅대하고 수려하여 본
색을 벗어나지 않았는데 압운이 특히 기묘하다. '세속을 문

앞으로 끌어당기지 않는데, 푸른 나무는 집의 모서리를 가로막아, 청산이 바로 무너진 담장을 메워주네.(紅塵不向門前惹, 綠樹偏宜屋角遮, 靑山正補牆東缺)' '이슬과 함께 국화를 따고, 서리를 맞으며 자주색 게를 삶고, 낙엽을 태워 술을 데운다.(和露摘黃花, 帶霜烹紫蟹, 煮酒燒紅葉)' 등의 구는 모두 그 기묘한 경지가 절정에 달했다. 원대 사람들이 그를 제일이라 칭한 것은 참으로 헛된 말이 아니다."라고 하였다. 투수의 경계는 전반적으로 호방하면서 자유스럽고 웅대하면서 수려하며, 풍격은 호방표일(豪放飄逸) 하다. 세속을 초탈하여 왕국유가 『인간사화을고서(人間詞話乙稿序)』에 말한 의(意)와 경(境)이 뒤섞인 경지에 이르렀다.

마치원의 자연풍경과 사랑을 묘사한 산곡은 모두 의경의 창조에 성공한 것들이다. [월조] <천정사>「가을생각(秋思)」을 예로 들면 『중원음운』에서는 이 곡을 일러 추사의 시조(秋思之祖)라 하였으며, 왕국유는 『송원희곡고』에서 "<천정사> 소령은 순전히 자연의 소리로서 당대 시인들의 절구를 방불케 한다."라고 하였다. 이 곡은 절묘한 의경, 감정과 경물의 융합으로 처량하면서도 감동적인 예술적 경지를 더욱 부각시켰다.

산곡의 언어적 특징은 시사(詩詞)와 완전히 다른 요소를 가지고 있다. 본색과 통속, 직설적이고 명쾌한 말, 구어와 관용어, 세상에서 통용되는 말(『중원음운』)을 많이 사용한 점이 바로 그것이다. 마치원의 산곡은 민간언어의 학습, 구어와 관용어 사용, 민간언어의 가공 면에서 대단히 뛰어나다. 예를 들면,

[쌍조] <수양곡>
그 사람 마음이 다하자,
나도 그 사람 버려서,
이번 사랑이 헛되이 끝났네.
한 솥 끓던 물을 차게 식혀버렸으니,
다시 사랑 태우려면 언제나 뜨거워질까?

他心罷, 咱便舍, 空擔著這場風月. 一鍋滾水冷定也, 再攛紅幾時得熱

이 곡은 언어가 매우 통속적이고 정련되며 비유가 아주 형상적이고 적절하여 통속적이면서도 속기가 없다.

마치원은 산곡 창작에 구어와 관용어를 많이 사용하였을 뿐만 아니라 전통적인 문학 언어와 전고도 많이 운용하였다. 정사에 기록된 전설, 강태공·유방·항우·제갈공명·조조로부터 야사의 전설과 화본·잡극에 나오는 유신(劉晨)·완조(阮肇)·배항(裴航)·운영(雲英)·서시(西施)·조비연(趙飛燕)·왕괴(王魁)·계영(桂英)에 이르기까지, 대시인 굴원·도연명·이태백·두보·소동파로부터 대서예가 왕희지·왕헌지·안진경·황정견에 이르기까지 없는 게 없다. 『시경』·『초사』·한부·당시·송사의 명구는 그의 산곡에 단골로 등장하였다. 이러한 전통문학의 언어를 사용할 때 그는 억지로 가져다가 짜 맞추거나 미사여구와 전고로 꾸미지 않고 적절한 곳을 찾아서 구어와 관용어를 잘 융화시켰다. 이로써 문아하면서도 너무 문아하지 않고 통속적이면서도 너무 저속하지 않는 마치원 산곡의 언어를 형성하였다. 예를 들면,

[남려] <사괴옥> 세상 한탄
백옥 무더기,
황금 무더기 있어도,
하루가 무상하면 어찌하리.
좋은 시절 아름다운 경치를 헛되이 보내지 마라.
유리잔에 호박색 짙은 술,
날씬하고 치아가 하얀 미인들이 춤추고 노래하니,
이 얼마나 즐거운가!

白玉堆, 黃金垜, 一日無常果如何, 良辰媚景休空過, 琉璃鍾, 琥珀濃, 細腰舞皓齒歌, 倒大來閑快活.

여기에서 "유리 종, 호박색 짙은 술", "날씬하고 치아가 하얀 미인들"은 원래 이하의 「장진주」 시에 나오는 구인데, 마치원이 직접 가져다가 "이 얼마나 한적하고 즐거운가" 등의 구어를 섞음으로써, 그 속의 문학 언어를 통속적이고 유창하게 하고, 구어와 관용어를 더욱 정련되게 하고 규범화시켰다. 하나를 보면 열을 알 수 있다는 말처럼 마치원의 산곡을 읽어보면 원대산곡의 풍모와 특징을 대체적으로 이해할 수 있게 된다.

제2장
소령(小令)

선려 청가아

십이월
十二月

정월

춘성(春城)의 봄밤은 더없이 아름다운데,
등불로 반짝이는 다리와 불꽃 찬란한 나무.
아름다운 춤과 맑은 노래는 그 사람이 최고라,
비취파(翡翠坡) 앞의 그 사람,
오산(鰲山) 아래 있구나.

正月

春城春宵無價，照星橋火樹銀花．妙舞淸歌最是他，翡翠坡前那
人家，鰲山下．

* 선려(仙呂): 궁조의 이름으로 주권의 『태화정음보(太和正音
  譜)』에서는 "선려조는 신선하고 그윽하게 노래한다.(仙呂調
  唱淸新綿邈)"라고 하였다.
* 청가아(青哥兒): [선려조]에 속하는 곡패의 이름이다. 형식

은 '6·7·7, 7·3'으로 5구 5운이거나 또는 제2구에 압운하지 않으면 5구 4운이다.

* 정월 대보름날 밤에 불꽃이 찬란하고 등불이 눈부시게 환한 야경을 묘사한 것이다. 당대 시인 소미도(蘇味道)의 「관등(觀燈)」 시에는 "불꽃 찬란한 나무에 밝은 불꽃이 빛을 더하고, 불빛 반짝이는 다리에는 자물쇠가 열려있네.(火樹銀花合, 星橋鐵鎖開)"라는 구가 있다.
* 화수(火樹): 색색가지 등불을 가득 매달아 놓은 나무.
* 은화(銀花): 은백색의 밝고 환한 등불.
* 성교(星橋): 등불이 반짝이는 다리 또는 은하수.
* 오산(鰲山): 고대 중국 각지에서 유행했던 정월대보름 등불놀이 풍경으로 채산(彩山) 또는 등산(燈山)이라고도 한다. 형형색색의 비단으로 거대한 거북등 같은 산 모양을 만들고 그 위에 여러 가지 꽃등을 매달아 사람들에게 볼거리를 제공하던 것으로 한대에 시작되었다.

『전원산곡』에서는 <청가아> 12수를 모두 수록한 다음 주석에서, "『이원악부』에서는 <청가아> 12수의 작자를 기입하지 않은 채 제목을 「십이월」이라 하였지만, 『태화정음보』와 『북사광정보』에서는 「정월」 1수만 수록하고 마치원의 소령이라 하였으며 『원명소령초(元明小令鈔)』에서도 그것을 따르고 있다. 만약 『태화정음보』와 『북사광정보』의 기록이 잘못된 것이 아니라면 이하의 11수는 모두 마치원의 작품에 속해야 하기 때문에 여기서는 그것을 모두 수록하였다."라고 그 경위를 설명하고 있다. <청가아> 12수에서 작자는 1월부터 12월까지 일년 열두 달의 특징을 정확하면서도 생동적인 필치로 묘사하여 감정과 경물이 융합된 세계로 우리를 인도한다.

위의 「정월」에서는 음력 정월대보름날 저녁에 등불을 환히 밝혀 놓은 아름다운 야경을 묘사하였다. 중국에서는 음력 정월 대보름날을 원소절이라 하는데 정월 15일이 일 년 중 첫 번째 보름날이기 때문에 중국인들은 첫 번째로 아름다운 밤이라는 뜻에서 그날을 원소(元宵)라고 하였다. 또 이날에는 밤새 밝혀 둔 형형색색의 아름다운 등불을 구경하는 사람들로 인산인해를 이루었기 때문에 등절(燈節)이라고도 하였다. 정월 15일이 지 나면 곧 봄이 찾아오므로 농부들은 농사지을 준비를 한다. 원 소절은 이성 간에 만남이 이루어지는 개방적인 날이기도 한데 이는 고대로부터 현대에 이르기까지 중국사회의 전통적인 풍습 이 되었다. 이 소령에서는 바로 원소절의 이러한 풍경을 노래 하였다.

이월

앞마을 매화가 피었다가 시들자,
봄바람에 복숭아와 배꽃이 봄을 서로 다투네.
아름다운 마차행렬로 먼지에 휩싸인 거리,
삼삼오오 짝지어 구경나온 사람들,
청명절이 가까워졌네.

二月

前村梅花開盡, 看東風桃李爭春. 寶馬香車陌上塵, 兩兩三三見
遊人, 淸明近.

* 동풍(東風): 춘풍, 즉 봄바람이다. 『예기』「월령(月令)」에
  의하면, "음력 정월에 …… 동풍이 얼어붙은 땅을 녹이고 땅
  속의 벌레가 움직이기 시작하며 물고기가 얼음 위로 올라온
  다.(孟春之月……東風解氷, 蟄蟲始振, 魚上氷.)"라고 하였
  다.
* 보마향거(寶馬香車): 좋은 말과 훌륭한 수레라는 뜻이다. 음
  력 2월이 되어 좋은 마차를 타고 봄나들이 나온 행렬로 봄
  비는 거리상황을 묘사한 것이다.
* 청명절(淸明節): 24절기의 하나로 동지로부터 106일째 되
  는 날이며 한식 다음날이다. 대개는 음력 2월말이지만 3월
  에 들기도 하며 양력으로는 4월 5일 전후이다. 청명절 무렵

에는 날씨가 따뜻해지고 초목이 소생하므로 성묘하러 교외
로 나온 김에 들놀이를 가거나 연을 날리며 봄빛을 즐기는
데 이를 답청(踏靑)이라고도 한다.

청명절은 2500여년의 역사를 가진 중국 전통명절의 하나로
한식 다음날이다. 한식과 청명은 하루를 사이에 두고 있기 때
문에 옛날 사람들은 항상 한식절의 행사를 다음날인 청명절까
지 이어서 하곤 하였다. 세월이 지나면서 사람들은 한식과 청
명을 하나로 생각하게 되었으며, 현대 중국에서는 청명절이 한
식을 대신하고 있다. 그리고 처음에는 개자추(介子推)에게 제
사지내고 그를 추도하던 형식에서 점점 바뀌어 조상의 산소를
찾아가 성묘하고 제사지내는 형태로 발전하면서 가족이나 연인
들과 함께 봄나들이를 즐기는 풍습으로 자리잡았다.
　청명(淸明)을 배경으로 노래한 시는 당대 시인 두목(杜牧)이
지주자사(池州刺史)로 있을 때 길손과 목동의 문답 형식으로
비 내리는 강남의 정취를 묘사한 「청명」이 가장 유명하다.

청명절에 비가 보슬보슬 내리니,
길가는 나그네 애타는 마음.
주막이 어디인가 물으니,
목동은 멀리 살구꽃 마을 가리키네.
(淸明時節雨紛紛, 路上行人欲斷魂. 借問酒家何處有, 牧童遙指
杏花村.)

두목은 이 시에서 봄비내리는 청명절의 울적한 심정을 노래하였지만, 마치원의 이 소령에서는 청명절을 전후하여 봄나들이 나온 유람객들이 흥겹게 즐기며 붐비는 모습을 묘사하여 대조적이다. 겨울이 지나가고 앞마을의 매화는 어느새 시들어 따뜻한 봄바람이 살랑살랑 불어올 무렵 복숭아꽃과 배꽃이 서로 다투어 피어난다. 이러한 아름다운 절기를 맞이하여 청춘남녀들이 마차를 타고 나들이 다니느라 길거리는 온통 먼지로 뒤덮인다. 이러한 청명절 풍경은 현대 중국사회에서도 매년 어렵지 않게 볼 수 있는 장면이다. 다만 달라진 게 있다면 옛날의 보마향거(寶馬香車) 행렬이 지금은 다채로운 차량 행렬로 바뀌어 가고 있다는 점일 것이다. 전체적으로 보아 음력 2월의 풍경과 나들이 나온 사람들에 대한 묘사 속에 생기가 흘러넘친다. 특히 제3구에서는 명사만 나열하고 동사는 전혀 사용하지 않았는데도 이러한 동적인 분위기를 충분히 느낄 수 있다.

삼월

풍류성 남쪽에서 수계(修禊)를 행하고,
곡강(曲江)의 어귀에서 미인들이 놀기에 좋은 날씨라.
붉은 꽃잎 향기롭게 흩날리고 짙은 안개 어지러운데,
궁궐의 버들과 꽃들이 언제 알기나 했던가?
봄이 돌아가는 것을!

三月

風流城南修禊, 曲江頭麗人天氣. 紅雪飄香翠霧迷, 禦柳宮花幾
曾知, 春歸未.

* 수계(修禊): 동진(東晋) 영화(永和) 9년(353) 3월 3일 왕
  희지(王羲之)는 친구들과 함께 산음성(山陰城) 남쪽 난정
  (蘭亭)에 모여 수계를 하고 「난정집서(蘭亭集序)」를 지었다.
  수계란 본래 음력 3월 상순 사일(巳日)에 물가에서 액을 쫓
  고 복을 빌기 위해 제사를 지내는 풍습이었는데, 위진 남북
  조 이후로 이것은 강가에서 시주(詩酒)를 즐기는 풍습으로
  바뀌었으며, 수계를 행하는 날짜도 음력 3월 3일로 고정되
  었다.
* 곡강(曲江): 당나라 때 장안(長安)에서 가장 유명한 명승지.
  "인생칠십고래희(人生七十古來稀)"라는 명구를 남긴 두보
  의 시가 바로 「곡강」이다.

* 여인(麗人): 미인을 가리키는데 두보는 「여인행(麗人行)」
  시 제1-2구에서 "삼월 삼일 더없이 좋은 날에, 장안의 물가
  에는 미인들도 많도다.(三月三日天氣新, 長安水邊多麗人)"라
  고 노래하였다.
* 홍설(紅雪): 붉은 꽃.
* 취무(翠霧): 짙게 깔린 안개.
* 어류궁화(禦柳宮花): 궁궐 안에 있는 버드나무와 꽃들을 가
  리킨다.
* 기증(幾曾): 하증(何曾) 또는 하상(何嘗)과 같다. 언제 ……
  한 적이 있던가!
* 미(未): 구의 마지막에서 의문의 뜻을 나타낸다.

　이 소령에서는 절기를 직접적으로 언급하지는 않았지만 제1
구의 수계(修禊)와 제2구의 여인(麗人)을 통해 음력 3월 3일
을 배경으로 노래하였다는 사실을 알 수 있다.
　중국에서 삼월삼(三月三), 우리나라에서 삼월삼짇날이라고
하는 음력 3월 3일은 예로부터 중국과 우리나라에서 모두 음
력 3월의 첫 번째 사일(巳日)이라는 뜻에서 상사(上巳)라고도
하였으며, 3이 세 번 겹쳐 길일로 여겼다. 고대 중국인들은 이
날을 황제(黃帝) 헌원씨의 탄신일로 기념하였으며, 한대에 이
르러 이날을 명절로 정하고 관민(官民)이 모두 동쪽으로 흘러
가는 강물에 몸을 씻고 재액을 털어내는 의식을 행하였다. 위
진(魏晉) 이후 이날에 강가에서 연회를 열고 푸른 풀밭을 산책
하는 답청(踏靑)의 풍습이 더해지면서 문인들은 주로 친구들과

함께 모여서 수계를 행하고 시주(詩酒)와 더불어 여흥을 즐겼
다. 이러한 수계를 행하였다는 기록은 왕희지의 명작 「난정집
서」에 상세하게 나타나 있는데, 이 곡의 제1구에서는 바로 이
전고를 운용하여 계절적 특징을 전면에 부각시켰다. 제2구에서
는 다시 두보의 「여인행」 시를 운용하여 삼짇날 화창한 날씨와
곡강에 봄놀이 나온 여인들의 모습을 묘사한 다음, 계속하여
아름다운 꽃잎들로 붉게 물든 산천과 궁궐에 활짝 핀 꽃과 나
무들을 보면서 봄이 끝날 때를 얼마 남겨두지 않은 만춘의 계
절을 다채롭게 그려내었다.

사월

정원에 봄바람 불던 지난 밤,
꾀꼬리 소리에 봄이 지나가려 하네.
데운 술과 청매(靑梅)에 잔뜩 취한 그대,
서쪽 누각에 놓인 미인도 같아,
한정부(閑情賦)가 생각나네.

四月

東風園林昨暮, 被啼鶯喚將春去. 煮酒靑梅盡醉渠, 留下西樓美
人圖, 閑情賦.

* 자주청매(煮酒靑梅): 데운 술과 청매라는 뜻으로 유명한 고
  전소설 『삼국연의』에 나오는 말이다. 제21회 「조조가 데운
  술로 영웅을 논하다(曹操煮酒論英雄)」에 조조가 청매와 데
  운 술을 차려놓고 유비와 당대의 영웅에 대해 논하였다는
  이야기가 있다.
* 거(渠): 삼인칭으로 그 사람을 뜻한다.
* 한정부(閑情賦): 동진시대 도연명이 젊은 시절에 지은 부
  (賦)로 사랑의 감정을 절제하면서 아름다운 여인을 흠모하
  는 마음을 노래하였다.

이 소령에서도 절기를 직접 언급하지 않았지만 제2구에서 "꾀꼬리 소리에 봄이 지나가려 하네."라고 한 것과 제3구의 청매를 통해 입하(立夏) 전후의 음력 4월 만춘임을 알 수 있다. 꾀꼬리는 제비와 더불어 봄을 상징하는 대표적인 새이기 때문에 제비와 꾀꼬리는 예로부터 봄을 노래할 때 자주 등장하는 시어이다. 매실은 입하 후에 성숙되는데 청매는 설익은 매실을 뜻하므로 이때가 바로 입하 전후의 시기인 음력 4월이다. 곡우와 소만 사이에 있는 24절기의 하나인 입하는 여름의 시작을 알리는 절후이다. 이때는 만물이 소생하고 성장하는 시기이므로 부지런히 일하고 여름을 준비해야 하는 본격적으로 농사가 시작되는 때이기도 하다. 조선 헌종 때 다산 정약용의 둘째 아들 정학유(丁學遊)가 지은 「농가월령가」에서는 이때를 이렇게 노래했다.

4월이라 초여름이 되니 입하 소만의 절기로다.
비 온 끝에 햇볕이 나니 날씨도 화창하다.
떡갈나무 잎이 피어날 때에 뻐꾹새가 자주 울고,
보리 이삭이 패어 나니 꾀꼬리가 노래한다.
농사나 누에치는 일이 이제 막 한창이다.
남녀노소가 농사일에 바빠서 집에 있을 틈이 없어,
고요한 가운데 사립문이 녹음 속에 닫혀 있도다.

중국에서도 입하의 의미는 기본적으로 우리나라와 동일하다. 봄에 파종하였던 농작물들이 바야흐로 무성하게 자라는 시기이므로 고대 중국인들은 입하를 대단히 중시하였으며, 특히 제왕들은 문무백관을 거느리고 교외에 나가 입하를 맞이하는 의식

을 거행하기도 하였다. 사방이 농사일로 바쁜 이때 작자는 돌
연 술에 취해 한 폭의 그림 같이 누워 있는 서루(西樓)의 미인
을 바라보며 도연명의 <한정부>를 떠올린다. 여기에는 바쁘게
살아가야 하는 일상에서 한 걸음 멀리 벗어나 자유분방한 마음
으로 세상을 관망하며 즐기려는 작자의 심정과 함께 아름다운
여인을 바라보며 솟아나는 춘심(春心)을 억누르지 못하면서도
최대한 감정을 절제하려고 노력하는 전통 사대부의 기풍이 엿
보인다.

오월

석류꽃과 접시꽃이 다투어 피어날 제,
나는 술에 취해 「이소」를 읊조린다.
바람 부는 처마 밑에 집짓는 제비를 누워서 보노라니,
홀연히 강나루에 뱃놀이 소리 들려와,
배 안이 시끌벅적 하구나.

五月

榴花葵花爭笑, 先生醉讀離騷. 臥看風簷燕壘巢, 忽聽得江津戱
蘭橈, 船兒鬧.

* 유화(榴花): 석류꽃.
* 규화(葵花): 접시꽃. 촉규화(蜀葵花)·단오금(端午錦)·일장
  홍(一丈紅)이라고도 함.
* 이소(離騷): 초나라 굴원이 지은 부(賦). 굴원이 반대파의
  참소에 의해 조정에서 쫓겨나 임금을 만날 기회를 잃은 시
  름을 읊은 서정적 대서사시로 모두 373행 2400여자이다.
* 선생(先生): 문인학자의 통칭으로 자칭 또는 타칭으로 모두
  사용될 수 있는데, 여기서는 자칭으로 사용된 것 같다.
* 희난요(戱蘭橈): 뱃놀이. 난요는 목란으로 만든 노를 말한
  다. 이 뱃놀이는 음력 5월 5일 단오절을 기하여 민간에서
  행하던 용선(龍船) 놀이를 의미하는 것으로 여기에는 굴원

에 대한 추모의 정이 깃들어 있다.

석류꽃은 음력 5월의 대표적인 꽃이라서 예로부터 음력 5월을 석류의 달, 즉 유화월(榴花月) 또는 유월(榴月)이라 하였다. 일찍이 당송팔대가의 한 사람으로 유명한 한유는 「유화(榴花)」 시에서, "눈부시게 피어난 5월의 석류꽃, 가지 사이로 언뜻 보이는 풋 열매, 어여뻐라 여기엔 마차도 안 다녀, 푸르른 이끼위로 붉은 꽃 쌓이네.(五月榴花照眼明, 枝間時見子初成, 可憐此地無車馬, 顚倒蒼苔落絳英.)"라고 노래하였다.

접시꽃은 단오금(端午錦)이라고도 하는데 이는 음력 5월 5일 단옷날 어린아이들에게 접시꽃을 달아주는 풍습에서 비롯된 이름이다. 혹자는 단옷날이 가까워서 접시꽃이 피기 때문에 가까워졌다는 근(近)과 금(錦)의 중국어 발음이 진(jin)으로 같은 해음(諧音) 현상에서 붙여진 이름이라고도 한다. 따라서 제1구에서는 석류꽃과 접시꽃이 다투어 피어나는 풍경을 묘사하여 이때가 음력 5월, 구체적으로 단옷날임을 암시하였다.

중국에서 단오는 전국시대 초나라의 정치가이자 비극시인 굴원을 추모하는 날에서 유래되었다고 전해진다. 굴원은 간신들의 모함으로 회왕(懷王)에게 버림받고 강남으로 유배되어 그 억울한 심정을 「이소」에 하소연하듯 쏟아내었다. 그 후 조국 초나라가 진(秦)나라와의 전쟁에서 대패하게 된 데 비분을 느낀 굴원은 더 이상 왕과 조국에 걸 수 있는 희망이 없음을 깨닫고는 5월 5일 호남의 멱라강에 스스로 몸을 던져 목숨을 끊었다.

전하는 말에 의하면 굴원이 죽은 후에 멱라강 주변 백성들은
비통한 마음을 금치 못하고 굴원의 시신을 찾기 위해 배를 타
고 사방을 뒤졌다고 한다. 이것이 하나의 전통풍습이 되어 매
년 이 날이 되면 사람들은 모두 강으로 달려가 용선(龍船)을
저으면서 굴원에 대한 애도를 표시하였다.

지금까지도 중국에서 단옷날의 중요한 민속놀이의 하나로 전
승되어 오고 있는 용선놀이는 용처럼 생긴 목선끼리 서로 경주
를 하는 것으로 징과 북 소리가 요란하게 울리는 가운데 서로
선두를 다투는 광경이 매우 장관인데, 마지막 2구에서는 바로
이 용선놀이 장면을 묘사하였다. 이 소령에는 전반적으로 음력
5월 5일 단옷날의 풍경 속에 굴원에 대한 추모의 정이 깃들어
있다.

유월

하늘 멀리 얼음 항아리 같은 요대(瑤臺)에선,
무더위를 피해서 참선을 파할 필요도 없겠네.
첫가을 오기 며칠 전에 약속하여,
한적하게 선녀와 가을 연꽃에 취하리라,
능파전(凌波殿)에서.

六月

冰壺瑤臺天遠, 逃炎蒸莫要逃禪. 約下新秋數日前, 閑與仙人醉
秋蓮, 凌波殿.

* 빙호(冰壺): 얼음을 넣는 항아리라는 뜻에서 달을 비유하기
  도 하고 아주 깨끗하고 맑은 마음을 비유하기도 함.
* 요대(瑤臺): 옥으로 만든 집, 훌륭한 궁전, 신선이 사는 곳.
* 도선(逃禪): 선계(禪戒)에서 도망 나오다. 즉, 참선을 파하
  다. 두보는 「음중팔선가(飮中八仙歌)」에서 "소진은 부처님
  앞에서 오래 기도하다가도, 술 취하면 자주 참선을 즐겨 파
  했다네.(蘇晋長齋繡佛前, 醉中往往愛逃禪)"라고 하였다.
* 신추(新秋): 새 가을, 첫 가을. 음력 7월의 별칭.
* 능파전(凌波殿): 당나라 때 궁전의 이름. 『태진외전(太眞外
  傳)』에 의하면, 현종이 하루는 낙양(洛陽)에서 낮잠을 자는
  데 꿈속에서 한 여인이 침상 앞에 나타나 자신을 능파지(凌

波池)의 선녀라고 한데서 붙여진 이름이라고 한다. 여기서는 한여름에 더위를 씻으면서 달을 구경하기 좋은 장소, 또는 물가에 있는 전각을 가리킨다.

음력 유월은 일 년 중 가장 무더운 계절로 24절기 중 소서와 대서가 들어있는 때이며, 우리나라에서 말하는 삼복더위가 기승을 부리는 시기이도 하다. 소서는 24절기 중 11번째 절기로 하지와 대서 사이에 든다. 음력 6월, 양력 7월 5일 무렵으로 작은 더위라 불리며 이때부터 본격적인 더위가 시작된다. 대서는 소서 다음, 입추 앞에 오는 절기로 음력 6월, 양력 7월 23일 경에 든다. 이 시기는 대개 중복 때로 장마가 끝나고 더위가 가장 심하여, 예로부터 대서에는 더위 때문에 염소 뿔도 녹는다는 속담이 있을 정도이다.

이 소령에서는 이렇게 무더운 한여름 밤에 둥근 달을 바라보며 더위를 잊고 싶은 마음을 표출하였다. 빙호추월(氷壺秋月)이란 말은 청렴하고 결백한 마음을 이르는 말이지만 이 빙호(氷壺)에서 자연스럽게 달을 연상할 수 있고, 요대경(瑤臺鏡)이란 말은 요대의 신선이 사용하던 거울이란 뜻으로 달을 지칭하기 때문에 요대(瑤臺)에서도 충분히 달의 이미지를 떠올릴 수 있다. 따라서 제1-2구에서 작자는 하늘 높이 떠 있는 달을 바라보며 신선이 사는 요대에서 더위를 걱정할 필요가 없겠다는 말로써 소서와 대서가 들어 있는 음력 6월의 절기를 노래했다. 소서와 대서가 지나면 바로 입추가 다가오기 때문에 제3-5구에서는 무더위가 얼른 지나가고 빨리 가을이 오기를 바라는 마음을 표명하였다.

칠월

오동잎 제일 먼저 시드는 우물가에,
달빛은 곱고 사람도 아름답네.
소녀는 홀로 병풍 같은 푸른 산을 마주하다,
그저 은하수만 바라보며 견우성과 직녀성에 물어보지만,
좁은 지름길도 없구나.

七月

　梧桐初彫金井, 月纖姸人自娉婷. 獨對靑娥翠畫屛, 閑只管銀河
問雙星, 無蹊徑.

* 금정(金井): 난간을 청동으로 장식한 우물. 일반적으로 궁궐
　원림에 있는 우물을 가리킬 때가 많다.
* 빙정(娉婷): 여인의 자태가 아름다운 모양.
* 청아(靑娥): 소녀.
* 쌍성(雙星): 견우성과 직녀성을 가리킨다.
* 혜경(蹊徑): 좁은 지름길.

　성당시대 시인 왕창령은 「장신궁의 가을노래(長信秋詞)」 시
에서, "우물가엔 오동잎이 가을이 되어 노랗게 물드네.(金井梧

桐秋葉黃)”라고 하였고, 천자문에는 가을이 되면 오동나무가
일찍 시든다는 뜻으로 오동조조(梧桐早凋)라는 말이 나오는데,
이 소령의 제1구에서는 바로 이 두 구절을 함께 변용하였다.
또 오동나무는 다른 나무들보다 가을 기운을 일찍 받아 칠석
(七夕)이 되면 제일 먼저 잎이 시든다는 말이 있기 때문에 이
때가 절기상으로 칠월칠석임을 알 수 있겠다.

칠석은 음력 7월 7일을 말하며 이날 저녁에 은하수의 양쪽
둑에 있는 견우성과 직녀성이 일 년에 한 번 만난다고 하는 전
설에 따라 중국뿐만 아니라 우리나라와 일본에서도 여러 가지
기념행사를 거행한다. 그중에서도 특히 칠석 전날에 젊은 여인
들이 모여 직녀성을 향해 바느질과 길쌈을 잘하게 해 달라고
기원하는 것이 가장 대표적인 행사였기 때문에 중국에서는 이
날을 걸교절(乞巧節) 또는 소녀절(少女節)·여아절(女兒節)이
라고도 하였다. 또 젊은 여인들은 이날 견우와 직녀가 함께 만
나듯 자신들도 아름다운 인연을 만날 수 있기를 기원하기도 하
였다. 이 소령에서도 아름다운 소녀는 칠석날을 맞이하여 사랑
하는 사람을 만날 수 있기를 간절하게 소망하였지만, 아쉽게도
인연을 만날 수 있는 길을 찾지 못하여 떨어지는 오동잎과 함
께 쓸쓸함을 더해주고 있다.

팔월

물시계의 물이 절반만 남은 밤,
계화(桂花) 향기 흩날리며 상아(嫦娥)가 내려오네.
하늘 멀리 구름은 돌아가고 달빛이 누각에 가득한데,
이렇게 청아한 흥취 누가 유강주(庾江州)를,
참을 수 있게 했겠는가!

八月

銅壺半分更漏, 散秋香桂娥將就. 天遠雲歸月滿樓, 這淸興誰敎
庾江州, 能消受.

* 동호(銅壺): 구리로 만든 고대의 물시계. 구리로 만든 용기
  에 물을 채운 다음 바닥에 뚫어 둔 작은 구멍으로 물방울이
  떨어지도록 하여 수면이 내려가는 것으로 시각을 측정하는
  장치이다. BC 1400년경 이집트의 물시계가 기원이고, 중국
  에서는 BC 7세기에 발명되었으며, 우리나라에서는 삼국시대
  부터 각루(刻漏) 또는 누각(漏刻)이라는 물시계를 사용했다.
* 경루(更漏): 밤 동안에 물시계에서 떨어지는 물.
* 추향(秋香): 계화(桂花)의 이칭으로 십리향이라고도 한다.
  남송의 문인 왕십붕(王十朋)은 「시서(詩序)」에서 "길가는
  행인들이 손에 계화를 들고서 장난치며 눈짓하다가 서슴없
  이 서로에게 주면서 이 꽃이 오래가기를 바란다고 하였다.

꽃 이름을 추향이라고도 하고 십리향이라고도 하였다.(路人
有手持桂花者, 戱覓之, 慨然相贈, 且言欲施此花久矣, 又言花
名秋香, 一名十里香.)”라고 하였다.

* 계아(桂娥): 월궁에 산다는 선녀 상아를 가리킨다.
* 유강주(庾江州): 동진 언릉(鄢陵: 지금의 하남성 언릉현 북
  쪽) 사람인 유량(庾亮: 289-340)을 가리킨다. 이름이 량
  (亮), 자가 원규(元規), 명제의 손위처남으로 성제를 옹립하
  고 도독과 강주 · 소주 · 예주의 자사를 역임하였다.
* 소수(消受): 참고 견디다. 견디어 내다. 향유하다. 누리다.

　계화(桂花), 즉 계수나무 꽃은 음력 8월의 대표적인 꽃으로
추석을 전후하여 중국 각지에 무성하게 핀다. 예로부터 음력 8
월을 계월(桂月)이라고도 하였는데, 이때가 계수나무 꽃을 감
상하기에도 가장 좋고 달을 구경하기에도 가장 좋은 달이기 때
문이다. 중국에서 계수나무 꽃과 추석날 둥근달은 사람들의 문
화생활과 밀접한 관계가 있었다. 상아가 달나라로 올라가서 선
녀가 되었다는 상아분월(嫦娥奔月) 이야기와 오강(吳剛)이 달
나라에서 계수나무를 찍어 넘기는 일을 하게 되었다는 오강벌
계(吳剛伐桂) 이야기는 오랫동안 전설이 되어 인구에 회자하고
있다. 따라서 음력 8월하면 추석날 둥근달과 더불어 계수나무
와 상아가 함께 연상되는 것은 당연한 것이다. 이 소령의 제
1-2구는 음력 8월 보름날 한밤중이 되어 둥근달이 휘영청 떠
올랐을 때 맑은 달빛이 땅으로 내려와 비춘다는 뜻이다. 여기
에서 계수나무 흩날리며 내려오는 상아는 바로 청아하게 내려

비추는 달빛을 은유한 것이다.

동진의 유량은 일찍이 강주자사 시절에 달구경을 하기 위해
남루(南樓)에 올랐는데 그의 부하 은법(殷法)과 왕호(王胡) 등
이 거기 모여 달구경을 하다가 유량을 보고 깜짝 놀라 자리를
피하려고 하였다. 이에 유량은 웃으면서 그들을 만류하고 아무
런 격 없이 그들과 허심탄회하게 이야기를 나누다 날이 새는
줄도 몰랐다고 한다. 그 후 사람들은 남루를 유량루(庾亮樓)·
유공루(庾公樓)·유루(庾樓)·완월루(玩月樓) 등으로 불렀으며
많은 시인묵객들이 여기에 올라 음풍농월(吟風弄月) 하였다.
제3-5구는 유량의 고사를 운용하여 감정과 경물을 융합시켜
묘사한 것으로, 그 의미는 이렇게 달빛 가득한 누각에서 아름
다운 음력 8월의 야경을 완상하면 그 누구도 가슴속에 일어나
는 흥취를 억누르지 못할 정도로 도취된다는 뜻이다. 이 소령
에서는 전체적으로 음력 8월의 아름다운 야경에 대한 작자의
마음을 유량에게 기탁하여 참을 수 없는 시적 감흥을 담담한
필치로 묘사하였다.

구월

지난해 차가운 여울에 매어둔 배에 올라,
선창 밖을 바라보니 국화가 무성하게 피었네.
지나간 발자취는 아직도 희마대(戱馬臺)에 남아있는데,
단양(丹陽)의 기노(寄奴) 때에 시작되었다는 말에,
수심을 어찌할 수 없구나.

九月

前年維舟寒瀨, 對篷窗叢菊花開. 陳跡猶存戱馬臺, 說道丹陽寄
奴來, 愁無奈.

* 유주(維舟): 배를 정박하기 위해 매어두다.
* 봉창(篷窗): 배의 창문. 선창(船窗).
* 희마대(戱馬臺): 기원전 206년 항우는 진(秦)나라를 멸망시
  키고 서초패왕에 오른 후 팽성(彭城: 지금의 강소성 서주)
  에 도읍을 세우고 도성 남쪽에 희마대를 지어 마희(馬戱)와
  군사훈련 장면을 지켜보곤 하였다.
* 기노(寄奴): 남조시대 송(宋)을 건국한 고조 무제(武帝) 유
  유(劉裕: 363-422, 재위 420-422)의 아명, 자는 덕여(德
  輿), 원적은 팽성인데 후에 경구(京口: 지금의 강소성 단양
  시 진강 鎭江)로 옮겨와 살았다. 420년 유유는 동진의 마지
  막 황제인 공제(恭帝)에게 제위를 이양 받고 국호를 송(宋)

이라 했으며, 이로부터 화북지역을 통일한 북위와 함께 남북
조시대가 시작되었다.
 * 단양(丹陽): 지금의 강소성 단양시(丹陽市). 송 무제 유유가
   팽성에서 이주하여 살던 곳.

두보는 「추흥(秋興)」 8수 중 제1수에서 "작년에 본 국화 올
해도 피니 지난날 그 눈물 다시 흐르고, 한번 매어 둔 저 배는
고향생각 나게 하네.(叢菊兩開他日淚, 孤舟一繫故園心.)"라고
하였다. 대력(大曆) 원년(766) 가을 성도(成都)와 운안(雲安)
을 거쳐 기주(夔州)에 머물고 있던 두보는 그때까지 안녹산의
난이 진압되지 않아 또다시 가을이 되어도 고향으로 돌아가지
못하는 쓸쓸한 나그네의 심정을 이렇게 노래하였다. 이 소령의
제1-2구는 바로 「추흥」 시의 이 구절 운용한 것이다.
  국화는 음력 9월을 대표하는 꽃이기 때문에 예로부터 중국에
서는 음력 9월을 국월(菊月)이라고도 하였다. 그리고 음력 9월
국화 중에서도 9월 9일 중양절에 핀 국화가 가장 보기 좋기
때문에 중양절을 국화절이라고도 하였으며, 이날에 고대 중국
인들은 국화를 감상하고 국화주를 마시는 풍습이 있었다.
  강소성 서주시 남쪽에 있는 희마대는 원래 개세(蓋世)의 영
웅 항우가 마희(馬戱)를 구경하기 위해 세운 것이었는데, 위진
시대 이후에 사람들은 음력 9월 9일 중양절이 되면 희마대에
서 무술연마와 활쏘기대회를 하고 주연을 베풀어 즐겁게 놀았
다. 사서(史書)에는 이러한 풍속이 남조시대 송(宋) 무제 유유
때부터 시작되었다고 기록되어 있다. 제3-4구는 바로 중양절

희마대에서 거행하는 이러한 풍습을 묘사한 것인데, 개세의 영웅 항우도 송을 건국한 유유도 천 여 년이 지난 후에는 모두 역사의 뒤편으로 사라지고 말았으니, 작자는 마지막 구에서 쓸쓸한 가을과 함께 무정한 세월의 변화에 무상함을 느끼고 수심에 잠긴다.

시월

현명(玄冥)이 몰래 봄소식을 전해주지만,
납매(臘梅)의 꽃눈엔 얼은 흔적 많구나.
먼 산 높은 누각에 눈 내릴 듯 산뜻한 풍경,
따뜻하게 쉬고 있는 비단 휘장 안의 아름다운 여인,
그 자태 한층 더 우아하네.

十月

玄冥偸傳春信, 只多爲臘蕊冰痕. 山遠樓高雪意新, 錦帳佳人會
溫存, 添風韻.

* 현명(玄冥): 겨울의 신. 『예기』「월령」에 "맹동·중동·계동
  의 달을 다스리는 제왕은 전욱(顓頊)이고 신은 현명이다.(孟
  冬仲冬季冬之月 …… 其帝顓頊, 其神玄冥)"라고 하였다. 맹
  동은 음력 10월, 중동은 11월, 계동은 12월이다.
* 납예(臘蕊): 납매(臘梅)의 꽃술. 납매는 음력 12월에 피는
  매화이다.
* 금장(錦帳): 비단으로 만든 휘장. 즉, 아름다운 휘장의 통칭.
* 온존(溫存): 몸을 따뜻하게 하여 조리하다. 휴양하다.
* 풍운(風韻): 아름다운 자태. 주로 여인의 아름다운 자태를
  형용하는 데 사용된다.

　음력 시월은 입동과 소설의 절기가 있는 계절이다. 입동부터
세 달(음력 10~12월)을 겨울이라고 하는데, 입동이 되면 늦
가을을 지나 낙엽이 쌓이고 찬바람이 분다. 옛날 중국에서는
입동기간을 5일씩 3후(三候)를 정하여, 물이 비로소 얼고, 땅
이 처음으로 얼어붙으며, 꿩은 드물어지고 조개가 잡힌다고 하
였다. 입동이 지나 소설이 되면 얼음이 얼고 첫눈이 내리는 등
첫겨울의 조짐을 보이면서도 아직 따사로운 햇살이 남아 있어
서 꽃을 피우는 나무가 있는 등 날씨가 마치 춘삼월(春三月)과
같다고 해서 중국에서는 입동부터 소설까지를 소춘(小春) 또는
소양춘(小陽春)이라고 하였다.

　이 소령의 전반부에서는 봄 날씨 같은 따사로운 햇살 속에서
도 얼음이 얼기 시작하는 소춘의 풍경을 묘사하였다. 소설 즈
음이면 농촌에서는 가을걷이를 모두 끝내고 겨울을 날 준비를
한다. 후반부에서는 첫눈이 내릴 듯한 날씨에 누각에서 한가롭
게 휴양하는 아름다운 여인의 우아한 자태를 묘사하여 음력
10월의 한적한 풍경을 이채롭게 그려내었다.

십일월

올해도 봄의 신이 생기를 불러와,
땅속에서 양기가 발동하는 시기라네.
사물에 관심 없어 아무것도 모르는데,
청춘남녀들은 동지에 자유로이 악기를 불며,
한가롭게 노니네.

十一月

當年東君生意, 在重泉一陽機會. 與物無心總不知, 律管兒女漫
吹灰, 閑遊戲.

* 당년(當年): 이해, 금년, 올해.
* 동군(東君): 봄의 신. 음양오행에서 동(東)을 봄에 대응시켜
  봄을 맡고 있는 신을 나타낸 데서 유래한다.
* 생의(生意): 생기, 생명력.
* 중천(重泉): 땅속 깊은 곳에서 솟는 샘. 지하, 저승.
* 일양기회(一陽機會): 양기가 처음 움직이는 시기. 동지가 되
  면 음기가 끝나고 양기가 돌아와서 움직이기 시작한다.
* 율관(律管): 음악에 쓰이는 음의 높이를 구하기 위하여 사
  용하던 죽관(竹管). 또는 고대에 절기의 변화를 예측하는 데
  사용하던 기구. 여기서는 악기의 통칭으로 사용되었다.
* 아녀(兒女): 청춘남녀.

* 취회(吹灰): 원래는 고대인들이 절기의 변화를 예측하던 방
  법. 고대에 절기의 변화를 예측하기 위해 갈대의 재를 율관
  에 넣어 땅속에 묻어두었는데 어떤 달이 되면 그 달과 상응
  하는 율관 속의 갈대 재가 밖으로 날아 움직였다고 한다. 여
  기서는 동지에 악기를 분다는 뜻이다.

음력 11월은 동지가 있는 달이다. 동지는 일 년 중에서 밤이
가장 길고 낮이 가장 짧은 날이다. 예로부터 동지는 음기가 극
에 달하면서 양기가 움직이기 시작하는 시기라고 하였다. 여기
에는 음기가 극에 달하여 날씨가 가장 추운 반면 이때부터 다
시 양기가 회복되기 시작한다는 의미가 함께 내포되어 있다.
한편 하지(夏至)에는 이와 상반된 현상이 나타난다. 이 소령의
제1-2구에서는 동지의 이러한 계절적 특징을 묘사하였는데,
작자는 정작 주변 환경의 이러한 변화에 그다지 관심이 없기
때문에 양기가 발동하는지 봄이 오고 있는지에 대해 전혀 알지
못한다.
　마치원은 원래 시주객(詩酒客)의 기개와 부호가의 풍류를 갖
춘 풍월주인으로서 젊은 시절에는 출사(出仕)에 대한 의지가
매우 강하였으나, 이민족의 통치 하에서 뜻을 펼 기회가 없음
을 깨닫고는 강남으로 내려가 정처없는 유랑생활을 하다가 마
침내 은거의 길을 걷게 되었다. 제3구에서 "사물에 관심 없어
아무 것도 모르는데"라고 한 것을 통해 우리는 젊은 시절 파
란을 겪은 후 세상과의 인연을 끊고 담담한 마음으로 자연으로
돌아간 작자의 초연한 심경을 읽을 수 있다.

고대 중국인들은 동지를 큰 명절로 생각하고 대단히 중시하
였을 뿐만 아니라 동지를 축하하는 풍습도 있었다. 『한서(漢
書)』에는 "동지가 되면 양기가 일어나 군왕의 도가 생장하므로
축하하였다.(冬至陽氣起, 君道長, 故賀.)"라는 기록이 있다. 사
람들은 동지가 지난 후에 낮이 매일 길어지고 양기가 상승하여
이때를 절기순환의 시작이자 길일(吉日)로 여겨 축하하였던 것
이다. 이에 마지막 2구에서는 동지를 축하하느라 청춘남녀들이
악기를 불며 즐겁게 노는 모습을 묘사하였다.

십이월

추위가 혹독한 계절에,
한 해의 절기가 다 지나가려 하네.
매화에 쌓인 눈이 소중하여,
봄의 신에게 청하노니 조금만 더 내려주어,
풍년 들게 해주소서.

十二月
隆冬寒嚴時節,　歲功來待將遷謝.　愛惜梅花積下雪,　分付與東君
略添些,　豐年也.

* 융동(隆冬): 추위가 지독한 겨울이라는 뜻으로, 궁동(窮
  冬)·엄동(嚴冬)·심동(深冬)·만동(晩冬)이라고도 한다.
* 세공(歲功): 일 년 사계절의 시서(時序). 일 년 농사의 수확.
* 천사(遷謝): 시간이 흘러가다. 쇠퇴하여 시들다.
* 분부(分付): 부탁하다. 당부하다.

　융동은 몹시 추운 겨울이란 뜻으로 음력 12월을 가리키며 일
년 중 날씨가 가장 추운 때이다. 중국과 우리나라에는 겨울에
눈이 많이 내리면 이듬해 풍년이 든다는 속담이 있다. 그래서

옛날부터 중국에서도 농민들은 한겨울에 눈이 많이 내리기를 기원하고, 또 그렇게 눈이 많이 내려 천지를 뒤덮었을 때는 이듬해 풍년이 들 징조로 여겨 서설조풍년(瑞雪兆豊年)이라는 말이 있게 되었다. 이것은 현대 과학적으로도 증명이 되는데, 눈의 결정체 사이에 공기가 들어차 있어 마치 이불처럼 땅을 덮어주기 때문에 보리나 밀 등 겨울작물들이 얼어 죽지 않도록 막아준다는 것이다.

이 소령에서는 한 해의 마지막 절기가 다 지나가는 시점에서 서설이 많이 내려 이듬해에 풍년이 들기를 기원하고 있다. 이미 동지 이후 양기의 상승으로 봄의 태동이 시작되었으며 조만간에 봄은 필연적으로 찾아오게 된다. 여기에서 작자는 단순히 봄이 다가오기를 기다리는 것이 아니라 봄의 신에게 부탁하여 풍년이 들게 해달라고 기원하고 있다. 이는 이미 평민과 같은 처지에 놓인 작자의 소박한 바람이자 농사의 주체인 농민들의 소망을 반영한 것이다. 통치 계층의 핍박과 수탈 속에서 그나마 생활의 안정과 마음의 평온을 되찾으려면 한해의 농사만이라도 잘 되어야 했기 때문이다. 다른 한편으로 여기에는 겨울이 가고 봄이 온다는 자연의 순환 이치를 통해서 차갑게 얼어붙은 겨울과 같은 당시의 정치 사회적 현실에 서설 같은 희망의 눈이 내렸으면 하는 작자의 간절한 여망이 담겨 있다고도 볼 수 있다.

중려 희춘래

육예
六藝

예의

밤낮으로 스승님의 가르침을 부지런히 행하며,
일거일동 허황된 명예를 모두 끊고,
시례(詩禮)에 전념하여 성정을 닦노라.
버드나무 골에 있으니,
인간세상의 작은 봉래(蓬萊)와 영주(瀛州)로다.

禮

夙興夜寐尊師行, 動止渾絶浮浪名, 身潛詩禮且陶情. 柳溪中, 人世小蓬瀛.

* 중려(中呂): 궁조의 이름으로 주권의 『태화정음보』에서는 "중려궁은 오르내림이 변화무쌍하게 노래한다.(中呂宮唱, 高下閃賺)"라고 하였다.
* 희춘래(喜春來): [중려]에 속하는 곡패의 이름이다. 양춘곡(陽春曲)이라고도 하며, 형식은 '7·7, 7·3·5'로 5구 5

운이다. 첫 2구는 일반적으로 대구를 이루어야 한다. 이 곡
은 경물을 묘사하면서 감정을 토로하는 데 자주 사용된다.

* 예(禮): 육예(六藝)의 첫 번째 과목인 예절로 길례(吉禮, 제
  사예절), 가례(嘉禮, 혼례와 관례), 빈례(賓禮, 빈객예절),
  군례(軍禮, 군대예절), 흉례(凶禮, 상례와 장례)의 오례를
  말한다.
* 숙흥야매(夙興夜寐): 아침에 일찍 일어나고 저녁에 늦게 자
  면서 근면성실하게 예법의 규정에 따라 일하고 행동하는 것
  을 말한다.
* 혼(渾): 모두, 전부
* 봉영(蓬瀛): 신선이 산다고 하는 봉래산과 영주산을 이르는
  말이다.

이 6수의 소령은 작자가 젊은 시절 중원지역을 분주하게 다
니면서 벼슬길을 찾아다니던 시절을 추억하면서 중년 이후에
신선세계와 음주농월에 대한 동경을 묘사한 것이다. 작품 속에
서 인생의 고난을 겪고 나서 염증과 부정을 표현하였으니 만년
에 지은 작품으로 보인다.

육예의 첫 번째 과목인 예(禮)는 바로 유학의 근본인 오례
(五禮)를 가리킨다. 이 소령의 전반부에서는 젊은 시절 품었던
헛된 명예에 대한 욕망을 모두 다 버리고 조용히 유가경전에
전념하면서 수신에 힘쓰는 작자의 모습을 노래하였고, 후반부
에서는 작자가 은거한 곳이 바로 모두가 동경하는 신선세계 같
은 이상향임을 강조하였다. 여기에서 작자는 예교를 익히는 목

적이 입신양명하여 천하를 함께 선하게 만들겠다는 포부를 달성하기 위해서가 아니라 과거에 품었던 공명에 대한 허상을 지워버리고 세속을 벗어나 조용히 홀로 자신의 성정을 수양하는 데 있다고 노래하고 신선세계에서의 자유로운 생활을 추구하였다고 할 수 있겠다.

음악

음악의 가락을 수시로 연주하다가,
근심을 풀려고 향을 피워 소금(素琴)을 타니,
아름다운 음에 마음이 평온하고 기쁘다오.
신경 쓰지 않으려네.
옥루(玉漏)의 남은 물방울 떨어지는 것에.

樂

宮商律呂隨時奏, 散慮焚香理素琴, 人和神悅在佳音. 不關心, 玉漏滴殘淋.

* 악(樂): 육예의 두 번째 과목으로 육악(六樂)이 있다. 육악은 운문(雲門)·대함(大咸)·대소(大昭)·대하(大夏)·대호(大濩)·대무(大武)를 말하는데, 운문은 황제(黃帝)의 음악이고, 대함은 요임금의 음악, 대소는 순임금의 음악, 대하는 우임금의 음악, 대호는 탕임금의 음악, 대무는 무왕의 음악이다.

* 궁상율려(宮商律呂): 궁상(宮商)은 고대 중국에 있던 오음(五音) 중의 궁과 상을 말한다. 이는 현대음악의 도와 레에 해당한다. 즉 오음은 도·레·미·솔·라인데, 당나라 이전에는 궁(宮)·상(商)·각(角)·치(徵)·우(羽)라 하였고, 그 이후에는 합(合)·사(四)·을(乙)·척(尺)·공(工)이라 하

였다. 율려(律呂)는 고대에 관으로 만든 악률 교정 기구이
다. 모두 길이가 각각 다른 12개의 관이 있는데 낮은음에서
계산하여 홀수 관을 율(律)이라 하고 짝수 관을 려(呂)라
하며 그 둘을 합쳐서 율려라 한다. 여기에서 궁상율려는 포
괄적으로 악곡을 가리키는 의미로 사용되었다.
* 산려(散慮): 근심을 씻어낸다.
* 가음(佳音): 아름다운 음악.
* 옥루(玉漏)의 남은 물방울 떨어지는 것이란 날이 곧 밝으려
한다는 뜻이다. 옥루(玉漏)는 옥으로 만든 물 담는 그릇, 즉
물시계이다.

육예의 두 번째 덕목인 악(樂)은 바로 음악을 가리킨다. 예
로부터 음악은 사람의 마음과 몸을 맑고 건강하게 하고 혈기를
화평하게 할 뿐만 아니라 풍속교화에도 유용하다고 생각하였기
에 음악교육을 통해 윤리도덕을 병행하고자 했다. 작자는 전대
의 유학자들과 마찬가지로 예교와 함께 악교(樂敎)를 대단히
중시하였으며, 인격을 도야하고 성정을 다스리는 데 음악이 중
요한 영향을 미친다는 사실에 대해서도 익히 잘 알고 있었던
것으로 보인다. 전통유가에서 교화의 기능으로 사용되던 육예
의 음악을 마치원은 자신의 성정을 다스리고 인격을 도야하며
번민을 해결하고 근심을 잊게 하는 데 사용하였다. 원래 육예
의 음악은 제례용 아악(雅樂)이었지만 작자는 여기에서 유학자
들이 심신을 수양할 때 주로 사용하던 악기인 소금(素琴)에 대
해 묘사하였다.

소금은 아무 장식 없는 소박한 금(琴)으로 중국 전통문인들의 대표적인 악기이자 가장 오래된 중국 고유의 악기로 순수한 한족문화를 상징하기도 한다. 한대에 칠현으로 표준화된 금은 바로 음악의 상징이 되었고 의식에서 필수적인 악기가 되었으며, 또한 학자와 관리의 필수품이 되었고 수신과 정신교육의 필수과목으로 생각되었다. 도연명도 소금을 매우 좋아하여 주흥이 오를 때마다 그것을 타면서 자신의 생각을 기탁하였다고 한다. 마치원은 평소 도연명을 흠모하여 그와 같은 은자의 삶을 살고자 했다. 그러나 도연명이 세속의 모든 욕심을 버리고 자연과 완전히 하나 되는 물아일체(物我一體)의 경지를 이르렀다면, 마치원은 현실에 대한 미련을 완전히 버리지 못하고 가슴 깊이 요동치는 번민을 지우기 위해 소금을 타며 연주에 몰입하곤 했다.

작자가 여기에서 중국 고유의 악기인 소금을 취한 데서 이민족의 통치하에서도 민족적 자긍심을 잃지 않으려는 작자의 마음을 엿볼 수 있고, 또한 수신에 힘쓰는 유가의 기상과 도연명과 같은 전원생활을 즐기려는 은자의 모습을 읽을 수 있다.

활쏘기

예로부터 활 쏘는 자리에서 그 덕행을 보았는데,
지금은 술잔 앞에서 스스로 마음을 즐기며,
술 취하면 화살통과 화살을 옆에 두고 나무그늘에 눕노라.
잠시 몸을 쉬었다가,
술 깨면 밝은 달빛 밟으며 시가를 읊조리네.

射

　古來射席觀其德, 今向樽前自樂心, 醉橫壺矢臥蓑陰. 且閑身, 醒
踏月明吟.

* 사(射): 활쏘기. 육예의 세 번째 과목으로 백시(白矢)·참련
  (參連)·섬주(剡注)·양척(襄尺)·정의(井儀)등 오사(五射)가
  있다.
* 사석(射席): 옛날 사람들은 한가할 때 그 자리에서 활쏘기
  를 하고 연회를 열어 즐거운 시간을 보냈다.

　육예의 세 번째 과목인 사(射)는 활쏘기를 가리킨다. 서주시
대에 귀족자제들은 소학에 입학할 연령이 되면 정규훈련을 받
아야 했으며 활을 쏠 줄 모르면 남자라 할 수 없었다. 이에 육

예의 정규과목의 하나가 된 활쏘기 교육을 위해서 서주시기에
는 국학과 향학에 활쏘기 전문 수련장을 두었으며 지방행정을
맡은 향대부(鄕大夫)는 3년마다 어질고 유능한 사람을 왕에게
천거하기 전에 활쏘기 대회를 열어 먼저 누구를 선택할지 골랐
다. 당시에 활쏘기에서는 활을 쏘는 기술과 함께 활을 쏠 때
지켜야 할 예법도 동시에 중시하고 그 예법을 사례(射禮)라 하
여 이상적인 인격을 함양하는데 필요한 매우 중요한 수단의 하
나로 여겼으며, 그것을 통해 그 사람의 덕행을 관찰하기도 하
였다.

　작자는 활쏘기와 그것의 근본 취지에 대해서 잘 알고 있었
다. 이 소령에서는 먼저 활쏘기의 근본 취지가 관덕(觀德)에
있다는 사실을 확실하게 전제한 다음, 세속을 피해 전원에서
은자의 삶을 살면서 자신만의 활쏘기를 즐기는 즐거움을 노래
했다. 주나라 때부터 활쏘기는 유가의 교육철학이 결합되면서
심신을 수양하고 인(仁)의 도리를 실천하는 것으로 확대 발전
되었으며, 이 외에도 군신이 함께 주연을 즐기는 오락적 기능
도 동시에 가지고 있었다. 전원에서 유유자적한 만년을 보낸
작자에게 있어서 활쏘기는 근심을 잊고 무료함을 달래는 유희
일 뿐이었다.

마차 몰기

옛날에는 철갑마 타고 연조(燕趙) 땅을 누비며,
왕복하여 내달려도 배를 탄 듯 편안했는데,
지금은 어느새 귀밑머리 희끗희끗해졌네.
인생의 오묘함을 스스로 깨달아,
소등 타고 심신의 편안함을 구하노라.

禦

昔馳鐵騎經燕趙, 往復奔騰穩似船, 今朝兩鬢已成斑. 機自參, 牛背得身安.

* 어(禦): 육예의 네 번째 과목으로 마차몰기이다. 고대에 마차몰기에는 명화란(鳴和鸞)·축수곡(逐水曲)·과군표(過君表)·무교구(舞交衢)·축금좌(逐禽左)의 다섯 가지 기술이 있었다.
* 연조(燕趙): 전국시기 북방에 있던 연나라와 조나라를 가리킨다. 연나라는 지금의 하북성 북부와 요녕성 남부이고, 조나라는 지금의 산서성 북부와 중부, 하북성 서부와 남부이다. 이 지역을 주로 하북 일대라 한다.
* 반(斑): 두발이나 수염이 희끗희끗하다. 반백이다.
* 기자참(其自參): 인생의 오묘한 이치를 이미 깨달았다.

육예의 네 번째 과목인 어(禦)는 마차몰기이다. 공자는 마차
몰기에 능했을 뿐만 아니라 마차몰기 교육도 상당히 중시했다.
당시에 전차를 모는 군사훈련 과목이던 마차몰기는 유가의 예
와 결합되면서 마차를 모는 기술 연마로 바뀌었다. 이 소령의
전반부에서는 철갑마를 타고 능수능란하게 북방지역을 누비던
용맹한 기마명의 형상을 연상시킨다. 문무를 겸비한 작자는 진
취적인 기상과 나라를 보좌하고 싶은 원대한 포부를 가지고 있
었지만 시대적 상황이 여의치 않아 좀처럼 요직에 발탁될 기회
를 잡지 못했다. 이에 시비와 명리의 허망함을 간파한 작자는
종신의 대계를 그르칠 뻔 했던 이십년 유랑생활을 청산하였다.
후반부에서는 어느새 마흔을 훌쩍 넘어서 머리가 반백이 되어
서야 비로소 세속에 대한 모든 욕망을 초탈하고 일장춘몽 같은
인생의 오묘한 진리를 스스로 터득하기에 이르렀다고 천명하
고, 평화로운 전원을 유유자적하면서 심신의 편안함을 구하는
은자의 모습을 노래하였다. 여기에는 인생의 갈등과 회의를 잘
파악하여 이를 스스로 극복하고 자연의 섭리를 깨달으니 즐거
움이 저절로 우러나온다는 기우귀가(騎牛歸家)의 철학이 담겨
있다.

서예

붓끝이 종이에 닿자 운무가 피어나듯,
힘차게 초서체로 휘두르니 사방이 놀라고,
혁만서(嚇蠻書)를 다 쓰자 군왕의 안색이 변하였네.
술에 빠진 신선은,
이렇게 장안에서 취했노라.

書

筆尖落紙生雲霧, 掃出龍蛇驚四筵, 蠻書寫畢動君顔. 酒中仙, 一恁醉長安.

* 서(書): 원래는 육예의 다섯 번째 과목으로 육서(六書)를 가리킨다. 육서는 지사·상형·회의·형성·가차·전주이다.
* 용사(龍蛇): 서예의 필세를 비유한 말이다.
* 만서(蠻書): 이 구는 서예의 필치가 이태백처럼 대단히 기세가 흘러넘친다는 뜻으로 혁만서(嚇蠻書) 고사를 인용하였다. 고사는 명대소설 『경세통언』과 『고금기관』에 나온다.
* 일임(一恁): 이렇게 한결같다는 뜻이다.

육예의 다섯 번째 과목인 서(書)는 문자 익히기와 쓰기 교육으로 육서를 가리킨다. 그런데 여기에서 말하는 육서는 한자의 여섯 가지 서체를 가리키기는 것이다. 서체의 육서는 고문(古文)·기자(奇字)·전서(篆書)·예서(隸書)·무전(繆篆)·충서(蟲書), 또는 대전·소전·예서·팔분(八分)·초서·행서를 가리킨다.

이 소령에서는 혁만서(嚇蠻書) 고사와 두보의 시구를 인용하여 이태백의 자유분방한 성격을 묘사하였다. 전반부에서는 혁만서 고사를 노래하여 이태백의 광박하면서도 예교에 얽매이지 않는 행동을 찬미하였다. 이태백은 일찍이 현종과 당나라의 안위를 위해 발해의 왕에게 보내는 답서를 작성하면서 양국충에게 벼루를 들게 하고 고력사에게 신발을 벗기게 한 다음 술에서 덜 깬 상태에서 발해문자로 일필휘지하여 현종은 물론 주변의 문무백관들을 놀라게 했다고 한다.

후반부에서는 두보의 시구를 빌어 시주를 마음껏 즐기며 세상의 어떤 부귀공명도 아랑곳하지 않는 이태백의 분방한 처세 태도를 동경하였다. 두보는 「음중팔선가」에서, "이태백은 술 한말에 시 백편을 짓고, 장안거리 주점에서 잠을 자다가, 천자가 불러도 배에 오르지 않고, 스스로 주중선이라 하였네.(李白一鬥詩百篇, 長安上酒家眠, 天子呼來不上船, 自稱臣是酒中仙.)"라고 노래하였다. 따라서 여기에는 이태백처럼 세상을 굽어보고 마음대로 호령하고 싶은 완세적(玩世的) 의미가 강하게 나타나있다.

수

영허(盈虛)의 오묘함이 저절로 가슴속에 쌓이고,
만사의 이치가 손바닥 안에서 넌지시 전해지니,
주로(酒壚) 옆에서 오래도록 취하는 게 제일이라.
시비도 사라져,
종일토록 태평성대를 즐기노라.

數

盈虛妙自胸中蓄, 萬事幽傳一掌間, 不如長醉酒壚邊. 是非潛, 終
日樂堯年.

* 수(數): 육예의 여섯 번째 과목이다. 『주례』에는 구수(九數)
라고 하는 것이 있는데, 그것의 세부항목으로는 방전(方田)·
속미(粟米)·차분(差分)·소광(少廣)·상공(商功)·균수(均
輸)·방정(方程)·영부족(贏不足)·방요(旁要)가 있다. 이후
에 수(數)는 술(術)과 결합되어 수술(數術) 또는 술수(術數)
라고도 불리었으니, 수술(數術)은 천문·역법·점술 등을 포
괄하는 학문이었다.
* 영허(盈虛): 해와 달이 차고 기우는 자연의 변화를 뜻하는
것으로 천지의 시운이 돌고 돌아 자꾸 변하는 것을 가리킨다.
* 주로(酒壚): 술집에서 술항아리를 올려놓아 두려고 흙으로
쌓아 만든 대(臺)를 말한다.

  * 요년(堯年): 요임금 때는 천하가 태평성대였기 때문에 이것
    은 편안하고 근심 없는 날들을 비유한다.

  육예의 여섯 번째 과목인 수(數)는 셈하기를 가리키지만, 성
리학의 발흥 이후에는 육예교육에서 수를 가르친 목적이 천지
만물의 변화의 이치를 깨우치게 하는 데 있었다.
  이 소령의 전반부에서는 이미 천지만물의 이치를 깨달은 작
자에게 젊은 시절 동량(棟梁)의 재목을 가진 인재라 자부하던
마음이 사라져 명리에 대한 욕망과 시비에 대한 관심에서도 모
두 벗어날 수 있게 되었다는 것을 묘사하였다. 후반부에서는
자신이 추구했던 풍월주인(風月主人)의 모습으로 돌아가 모든
욕망을 버리고 편안한 전원에 은거하여 유유자적한 삶을 보내
니 태평성세가 따로 없다는 것을 묘사하였다. 전통유가에서 강
조한 수는 천지만물의 운행 원리와 변화의 이치를 궁구하여 내
성(內聖)을 위한 소양을 닦는 것이었겠지만, 마치원이 노래한
수에는 그러한 자기 수양적 요소보다는 세파를 멀리하여 만사
를 잊고 술에 취해 태평성세를 즐기려는 자락적인 요소가 더
많다고 할 수 있겠다.

남려 금자경

(제목을 잃어버림) 3수
失題

제1수

버들개지 백설같이 날리는데,
절인생선 향기 연잎에 부는 바람,
그리고 강가에서 낚시하는 늙은이.
삶은 곤궁하고,
남아는 아직 공명을 못 이루었으나,
세상풍파는 꿈일 뿐,
한바탕 환상 속에 있다네.

一

絮飛飄白雪, 鮓香荷葉風, 且向江頭作釣翁. 窮, 男兒未濟中, 風
波夢, 一場幻化中.

* 남려(南呂): 궁조의 이름으로 『태화정음보』에서는 "남려궁
은 탄식하며 슬프게 노래한다.(南呂宮唱感歎傷悲)"라고 하

였다.
* 금자경(金字經): [남려]에 속하는 곡패로 형식은 '5·5, 7·1·5, 3·5'의 6운이다. <열금경(悅金經)>·<서번경 (西番經)>이라고도 한다.
* 자(鮓): 소금에 절여 저장해두었다가 식용으로 먹는 생선류.
* 제중(濟中): 성취와 공명.
* 환화(幻化): 꿈같은 환상, 또는 예측할 수 없는 기묘한 변화를 가리킨다.

이 세 수의 소령은 모두 재능은 있으나 때를 만나지 못한 시인의 울적한 심정과 뜻을 펼칠 길이 없는 불편한 심기를 토로하였다.

이 소령은 은거하여 강가에서 홀로 낚시하는 작자가 생활은 비록 곤궁할지라도 초연한 태도로 그것을 대한다는 것을 묘사하였다. 전반부에는 계절에 대한 묘사로 강가에서 낚시할 때 본 경물을 노래하였다. 버들개지가 하늘에서 흰 눈이 내리듯 떨어지니 이것은 계절적으로 늦봄의 풍경이다. 후반부는 서경으로 서사한 것으로 상상이 대단히 선명하다. 생활은 곤궁하고 시운은 좋지 못하지만 어떤 풍파든지 일장춘몽에 불과할 뿐으로 변화가 무쌍하다. 여기에서 작자는 현실에 대한 멸시와 곤궁, 풍파에 대한 초연한 태도를 견지하면서, 일종의 소극적인 반항정서를 드러내었다.

제2수

지게에 밝은 달을 지고,
도끼를 이끼 낀 돌에 갈며,
또 다시 나무꾼이 되어 은거하였다.
땔나무를 하던,
주매신은 어디 있나?
쓸쓸한 바위 밖에,
아까운 인재가 늙어가고 있도다.

二

擔頭擔明月, 斧磨石上苔, 且做樵夫隱去來. 柴, 買臣安在哉. 空巖外, 老了棟梁材.

* 나무꾼이 나무를 하다가 달이 떠올라서야 비로소 하산한다.
* 도끼를 이끼 낀 돌 위에 대고 가니 이끼조차 갈려나간다.
* 매신(買臣): 전한시대의 주매신(朱買臣)으로 자는 옹자(翁子)이다. 학문을 좋아하면서도 집안이 너무 가난하여 나무를 팔아 생계를 유지했다. 아내가 이를 부끄럽게 여겨 헤어졌다. 나중에 장안에 와서 엄조(嚴助)의 추천으로 무제에게 『춘추』를 강의하게 되어 중대부(中大夫)에 오르게 되었다. 그 뒤 회계태수가 되어 고향에 돌아가 헤어진 아내와 그녀의 새남편에게 도움을 주었는데, 그 아내는 부끄러워 자살했

다고 한다.

이 소령은 나무꾼의 생활을 묘사하면서 주매신의 고사를 인용하여 재능은 있으나 세상에 쓰이지 못하는 탄식을 토로하고 있다. 전반부에서는 은거한 후에 나무꾼으로 살아가면서 밝은 달이 빛나는 밤에 땔나무를 지고 돌아오고, 이끼 낀 돌에는 도끼를 가는 소리만 들리니 완전히 세상과 단절된 은거생활을 한다는 내용이다. 후반부에서는 주매신을 작자 자신에 비유하여 재능이 있어도 쉽게 매몰되어 버리는 현실을 설명하였다. 깎아지를 듯 높은 절벽에 마룻대와 들보로 쓸 만한 큰 목재가 많이 있으나 나무꾼은 그것을 채취할 수 없다. 자신이 회재불우(懷才不遇)하여 늙어서도 재능을 펼 기회가 없어 나무꾼으로 살아갈 수밖에 없다는 뜻이다.

제3수

지난밤부터 서풍이 불고,
하늘에는 수리새 나는데,
매우 곤궁한 중원의 한 베옷 입은 사람이여.
슬퍼구나,
친구여 아는가?
누각에 오르는 마음을,
하늘에 오를 사다리가 없음을 한스러워 하노라.

三

　夜來西風裏, 九天雕鶚飛, 困煞中原一布衣. 悲, 故人知未知. 登
樓意, 恨無上天梯.

* 구천(九天): 아주 높은 하늘.
* 조악(雕鶚): 수리로 작자 자신을 비유함. 고대에는 현자를
  천거하는 것을 악천(鶚薦)이라 하였다.
* 곤살(困煞): 처지가 극도로 곤궁함을 가리킨다. 살(煞)은 극
  도로, 매우라는 뜻이다.
* 포의(布衣): 베옷 입은 사람이란 뜻으로 평민 백성이다.
* 등루의(登樓意): 높은 곳에 오른다는 뜻으로 재능을 펼칠
  포부를 가리킨다. 이 전고는 한나라 말기 왕찬(王粲)의 「등
  루부」에서 나왔다. 왕찬은 유표(劉表)가 자기의 재능을 알아

주지 못하자 「등루부」를 지어서 불우한 감개를 표출하였다.
* 상천제(上天梯): 하늘에 올라갈 사다리라는 뜻으로 높은 관
  직에 올라갈 사다리를 가리킨다.

이 소령에서는 자신이 큰 뜻을 가졌어도 펼칠 수 없는 비분
을 묘사하였다. 전반부에서는 작자의 늠름한 형상을 노래하여
회재불우의 비분을 표출하였다. 밤은 길고 서풍은 살을 에듯
춥지만 높은 하늘에는 두려움 없는 큰 수리가 날개 짓을 하며
훨훨 날고 있다. 이러한 환경에서 작자의 재능은 도리어 펼칠
수 없으니 이렇게 선명한 대비는 매우 곤궁한 베옷 입은 사람
(布衣)의 비분을 더욱 두드러지게 부각시켰다. 후반부에서는
높은 지위에 올라갈 길이 없는 작자의 내면에 가득 쌓인 슬픔
과 한을 나타내었다.

남려 사괴옥

마외파

잠들은 해당화,
봄은 막 저무는데,
현종은 손에 두고 못 봄을 아쉬워하지만,
예상우의곡은 바로 중원의 근심.
이 양귀비가,
저 안녹산을 부추기지 않았다면,
어찌 촉도(蜀道)의 험난함을 알았겠는가!

馬嵬坡

睡海棠, 春將晚, 恨不得明皇掌中看, 霓裳便是中原患. 不因這玉環, 引起那祿山, 怎知蜀道難.

* 사괴옥(四塊玉): 남려(南呂)에 상용되는 곡패이며, 형식은
  '3·3, 7·7, 3·3·3'의 7구 5운이다. 제1구와 제5구에
  는 압운을 하지 않고, 제1구와 제2구는 대구를 이루어야 한
  다.
* 마외파(馬嵬坡): 지금의 섬서성 서안시 흥평현(興平縣) 서

쪽에 있다. 천보 15년(756) 여름, 안녹산의 난으로 피난길
에 오른 현종 일행은 장안을 빠져나와 마외파에 이르렀다.
이때 대장군 진현(陳玄)이 현종에게 양귀비를 비롯하여 그
녀의 오빠 양국충과 여동생들을 주살토록 주청하였으며, 결
국 양귀비는 목이 매달려 죽고 양국충도 피살되었다.

* 해당화(海棠花): 고대 중국인들은 봄날에 졸고 있는 해당화
를 잠든 미인에 비유하곤 하였다. 소동파의 시에도 「해당」이
라는 작품이 있다. 여기서는 잠든 양귀비의 자태를 가리킨다.

* 명황(明皇): 당나라 현종 이융기를 가리킨다. 현종의 시호가
지도대성대명효황제(至道大聖大明孝皇帝)였기 때문에 당송
시대의 여러 시문에서는 현종을 모두 명황이라 일컬었다.

* 예상(霓裳): 당대의 유명한 악곡인 예상우의곡(霓裳羽衣曲)
을 가리킨다. 세간에는 예상우의곡을 현종이 월궁(月宮)에서
선녀들이 추던 춤과 노래를 기억하여 악보로 정리한 것이라
는 전설이 전해오고 있지만, 실제로는 하서절도사 양경술(楊
敬述)이 지어 바친 것을 현종이 약간의 손질을 가하여 완성
한 것이다.

* 옥환(玉環): 양귀비(楊貴妃: 719-756)의 이름이다. 양귀비
는 산서(山西) 사람으로 어릴 때 숙부 양현규(楊玄圭)의 집
에서 자랐으며, 가무에 능하고 음률에 정통하였다. 처음에는
수왕(壽王) 이모(李瑁: 현종의 아들)의 비였는데 현종이 그
녀를 후궁으로 취하였다.

* 녹산(祿山): 안녹산(약 703-757)을 가리킨다. 현종 때 평
려(平盧)·범양(範陽)·하동(河東)의 절도사를 역임하였던
그는 천보(天寶) 14년에 범양에서 반란을 일으켰다가 2년
후에 자기의 아들 안경서(安慶緒)에게 사살되었다.

* 촉도(蜀道): 현종이 난을 피하여 촉(蜀)의 성도(成都)로 들
어갔던 길을 말한다. 여기서는 이태백의 시 「촉도난」에서 뜻
을 취하였다.

　역사고사를 노래한 이 10수의 연장체 소령은 『이원악부』(하)
와 『악부군주』(2)에 모두 실려 있다. 잡극으로는 관한경의 「당
명황곡향낭(唐明皇哭香囊)」과 유길보의 「양태진예상원(楊太眞
霓裳怨)」·「양태진화청궁(楊太眞華淸宮)」, 백박의 「당명황추야
오동우(唐明皇秋夜梧桐雨)」 등이 있다. 이야기의 역사적 사실
은 『구당서』 「현종기(玄宗紀)」를 바탕으로 하고 있다. 백거이
의 「장한가」, 진홍의 「장한가전」 등과 비교해보면 좋다.
　작자는 당 현종과 양귀비의 이야기를 대단히 형상적이고 간
결한 언어로 묘사하여 최고 통치자의 부패와 문란으로 환란을
자초한 사회적 현실을 폭로하였다. 즉, 양귀비로 인하여 안녹산
이 반란을 일으키지 않았더라면 전국을 전란의 소용돌이에 휩
싸이게 한 대재난은 결코 없었을 것이며 현종 일행이 촉도로
피난 갈 필요도 더더욱 없었을 것이라는 점을 강조하면서 나라
를 망친 책임을 양귀비에게로 돌리고 있지만, 실제로는 자세히
살펴보면 그러한 비판의 화살이 현종과 당시의 지배계층에게로
향하고 있음을 알 수 있다.
　이 소령은 두 부분으로 나눌 수 있는데 전반부에서는 양귀비
의 아름다운 용모와 뛰어난 매력에 푹 빠진 현종의 탐욕을 묘
사하였고, 후반부에서는 양귀비로부터 안녹산·현종에 이르기
까지 이른바 당시의 최고 통치계층에 대한 비판을 서슴지 않았

다. 특히 마지막 3구는 소박하면서도 힘이 있고 점점 긴박하게
주제를 부각시켜 나가 산곡 언어의 본색적 특징이 잘 구현되어
있다.

자지로

기러기 북으로 날아가자,
사람들은 북쪽을 바라보네.
명비를 버린 건 한나라 군왕.
선우는 술잔 들고 랄랄라 노래하네.
푸른 초원에는 젖소 떼 있고,
흑하 가에는 살찐 양떼 있지만,
그녀는 오로지 고향생각 뿐이라네.

紫芝路

雁北飛, 人北望, 抛閃煞明妃也漢君王. 小單于把盞呀剌剌唱. 青草畔有收酪牛, 黑河邊有扇尾羊, 他只是思故鄉.

* 자지로(紫芝路): 자맥(紫陌)이라고도 하며 도성 교외의 큰 길을 일컫는 말이다. 자지(紫芝)는 원래 자줏빛을 띤 영지라 는 뜻이다.
* 포섬(抛閃): 내버리다, 내던지다.
* 한군왕(漢君王): 한나라 군왕. 즉 전한의 제11대 황제인 원 제(元帝) 유석(劉奭: BC76-BC33)을 가리킨다.
* 명비(明妃): 왕소군(王昭君). 서진시기에 사마소의 휘를 피 하여 소군을 명군(明君)으로 개칭했다가 후에 점점 명비라 고 부르게 되었다.

* 파잔(把盞): 술잔을 들고 즐겁게 마시다.
* 하랄랄(呀剌剌): 랄랄라.『송원어언사전』에서는 하랄랄(呀剌剌)을 아랄랄(阿剌剌)과 같은 뜻으로 북방 소수민족의 노랫소리라 하였다.
* 흑하(黑河): 작자의 잡극「한궁추」제2절에 나오는 흑강(黑江)을 가리키는 것으로 지금의 내몽고자치구 성도인 후허하오터시(呼和浩特市) 남쪽 교외에 있으며 강가에는 소군묘(昭君墓)가 있다.
* 선미양(扇尾羊): 꼬리가 부채 모양으로 생긴 살찐 양.

왕소군 이야기는 원대 잡극으로 관한경의「한원제곡소군(漢元帝哭昭君)」, 마치원의「한궁추(漢宮秋)」등이 있으며, 역사적 사실은『한서』「흉노전」,『후한서』「남흉노전」,『서경잡기(西京雜記)』,『금조(琴操)』등의 기록을 근본으로 하고 있다.

왕소군의 이름은 왕장(王嬙), 자는 소군이다. 그녀는 전한의 남군(南郡) 자귀(秭歸: 지금의 호북성 자귀) 사람으로 한나라 원제의 궁녀로 입궁하였다. 원제는 후궁을 간택할 때 화공이 그린 초상화를 보고 여부를 결정하였는데, 왕소군은 화공 모연수(毛延壽)에게 뇌물을 바치지 않아 못생기게 그려졌으며, 그런 까닭에 원제의 총애를 받을 수 있는 기회를 얻지 못했다. BC 33년 남흉노의 선우 호한야(呼韓邪: 재위 BC58-BC31)가 입궁하여 왕비로 삼을 미인을 요구하자 원제는 한 번도 본적이 없던 왕소군을 보내기로 결정하였다. 그러나 왕소군이 하직 인사를 하러 알현했을 때 보니 그녀는 천하절색의 미인이었다.

그렇게 된 연유를 조사하여 진상을 알게 된 원제는 화공 모연수를 참수하였다. 그리고 왕소군은 흉노족 차림으로 말에 올라 화친을 위해 머나먼 흉노 땅으로 떠나 호한야의 왕비가 되었다. 호한야가 죽은 후 전왕비의 아들이 왕위를 계승하자 왕소군은 흉노의 풍속에 따라 다시 그의 왕비가 되어 먼 이국땅에서 일생을 마감했다.

　소군출새(昭君出塞) 고사를 노래한 이 소령에서는 고향을 그리워하는 왕소군의 심정을 부각시켜 한나라 군왕의 무능함을 질책하면서 작자의 민족의식을 표출하였다. 이는 작자의 잡극「한궁추」의 주제 사상을 이해하는 데 도움이 되는 중요한 자료가 된다. 광활한 북국의 풍경과 선명한 인물 형상은 작자의 담담한 필치 아래에서 대단히 생동적으로 묘사되었는데, 이는 동일한 제재를 노래한 원대의 소령 중에서도 아주 독특한 것이다.

봉황파

백 척의 누각,
황토로 쌓아,
농옥(弄玉)은 퉁소를 불어 소랑(蕭郎)을 보냈네.
소랑을 보내고 함께 푸른 하늘나라로 올라갔으나,
지금은 나라도 망하고 없구나.
당시의 일 생각하니 가슴 아픈데,
언제 다시 봉황이 찾아오려나.

鳳凰坡

百尺臺, 堆黃壤. 弄玉吹簫送蕭郎. 送蕭郎共上靑霄上. 到如今國
已亡. 想當初事可傷, 再幾時有鳳凰.

* 봉황파(鳳凰坡): 봉대(鳳臺) 또는 봉녀대(鳳女臺)라고도 하
  며 지금의 섬서성 보계시(寶鷄市) 동남쪽에 있다.
* 백척대(百尺臺): 백 척의 누각이란 바로 봉황파를 가리킨다.
* 농옥(弄玉): 춘추시대 진(秦)나라의 제9대 군주 목공(穆公:
  ?-BC621)의 딸이다. 소랑(蕭郎)은 목공 때의 전설적인 신
  선이자 음악가인 소사(蕭史)를 가리킨다. 전하는 바에 의하
  면 소사는 농옥과 함께 봉대(鳳臺)에 살다가 어느 날 봉황
  을 따라 하늘로 올라갔다고 한다.

농옥과 소사의 이야기를 주제로 한 잡극으로는 상중현의 「봉황파월랑배등(鳳凰坡越娘背燈)」이 있지만 극본은 이미 소실되었고 지금은 『북사광정보』에 제4절만 수록되어 있다. 한나라 유향의 『열선전』에도 농옥과 소사에 대한 이야기가 실려 있다. 이 이야기를 주제로 한 「봉황대상억취소(鳳凰臺上憶吹簫)」라는 사패와 곡패가 있고, 『고려사』「악지」에는 이것을 취하여 일명 「억취소(憶吹簫)」라 하였다.

유향의 『열선전』에 나오는 농옥과 소사에 대한 이야기는 다음과 같다. 진 목공 때 소사(蕭史)는 통소를 얼마나 잘 불었던지 통소 소리로 백조와 공작을 불러들일 수 있었다. 목공은 자기의 딸 농옥(弄玉)이 그러한 소사를 좋아하게 되자 농옥을 그에게 시집보냈으며, 소사는 마침내 농옥에게 통소로써 봉황소리 내는 법을 가르쳐주었다. 그들 부부는 여러 해 동안 함께 살면서 통소를 불었는데 그 소리가 마치 봉황 소리 같아서 봉황이 그 집에 내려와서 살았다. 이에 목공이 그들에게 봉대(鳳臺)를 만들어주자 그들 부부는 수년 동안 그 위에 살다가 하루 아침에 봉황을 따라 하늘로 올라갔다.

이 소령의 전반부에서는 바로 이러한 농옥과 소사의 이야기를 사실적으로 묘사하였으며, 후반부에서는 과거와 현재를 대비하면서 작자 자신이 느낀 감회를 서술하였다. 즉 작자는 이 소령에서 농옥과 소사의 사랑과 승천을 이야기한 후, 다시 현실로 돌아와 지금 누각은 텅 비고 사람은 떠나갔으며 나라는 망하고 없으니 그때의 아름다운 정경을 다시 볼 수 없다는 아쉬움을 노래하였다. 이것은 세상의 상전벽해 같은 변화에 대한 탄식의 표현이기도 하다. 작자는 이 소령에서 농옥과 소사의 전설적인 이야기를 빌려 망국의 아픔을 하소연하듯 토로하였

다. 특히 마지막 구에서 "언제 다시 봉황이 찾아오려나."라고
하여, 조국의 옛 왕조에 대한 작자의 깊은 그리움을 표출하였
는데 감정이 진지하고 의미가 심장하다.

　일설에 의하면 이 소령은 농옥과 소사의 고사를 빌려 월랑
(越娘)과 양순유(楊舜兪)의 사랑이야기를 묘사한 것이라고도
한다. 나중에 월랑이 승천하여 인간세상의 양순유를 내려다보
고 고국에 대한 그리움을 기탁하여 망국의 비통함을 반영하였
기 때문에 제5구에서 "지금 나라는 이미 망했으니(到如今國已
亡)"라고 했다는 것이다.

심양강

손님 전송할 때,
가을 강물 썰렁하네.
상녀(商女)의 애끊는 비파소리,
강주사마 백거이가 근심실어 듣는 건 당연하리라.
달도 밝고,
술도 취하는데,
손님은 때맞춰 깨어나는 구나.

潯陽江

送客時, 秋江冷. 商女琵琶斷腸聲, 可知道司馬和愁聽. 月又明,
酒又醒, 客乍醒.

* 심양강(潯陽江): 강서성 구강시(九江市) 북쪽을 지나는 장
  강의 지류이다.
* 상녀(商女): 노래를 생업으로 하는 가기(歌妓).
* 사마(司馬): 관직명. 당대 자사(刺史) 아래의 한관(閑官)으
  로 가장 낮은 등급(9품)의 문관인데, 여기서는 강주사마(江
  州司馬)로 좌천된 백거이를 가리킨다. 백거이는 어려운 백성
  들의 편에 서서 곤궁에 처해있던 당시의 사회상을 비판하고
  조정의 부정부패를 폭로하는 풍유시를 많이 썼다. 그러나 이
  로 인한 구관료들의 반발을 견디지 못하고 무원형(武元衡)

사건으로 간관(諫官) 보다 먼저 상소했다는 것 등을 이유로
강주사마로 좌천되었다. 그는 「비파행」 마지막 구에서, "그
중에서 누가 가장 눈물을 흘리는가? 강주사마의 푸른 옷이
젖어있구나!(座中泣下誰最多, 江州司馬靑衫濕!)"라고 하여
자신을 강주사마라 일컬었다.
 * 정(醒): 술에 취해 정신이 몽롱한 상태인데 여기서는 술에
   취했다는 의미이다.

　작자는 자신의 잡극 「강주사마청삼루(江州司馬靑衫淚)」에서
백거이의 「비파행」에 내용을 더 부연하여 구성하였으나, 이 소
령에서는 「비파행」의 이야기를 빌려 천하의 방랑객 신세가 된
자신의 처량한 심정을 기탁하였다. 원화(元和) 10년(815)에
백거이는 강주사마로 좌천되어, 그 이듬해 가을 저녁에 친구를
전송하러 강나루에 나갔다가 배안에서 들려오는 비파소리를 듣
게 되었다. 그 소리가 대단히 아름다운 데다 익히 알고 있는
장안의 가락이었던지라 비파를 타던 여인에 대해 자세하게 알
아보았다. 본래는 유명한 가기(歌妓)로 한때 장안에서 명성을
드날렸으나 나이가 들어 얼굴이 쇠한 후에 더 이상 가기의 신
분을 유지할 수 없게 되자 상인에게 몸을 의탁하여 그의 아내
가 되었다는 슬픈 사연을 듣고 백거이는 즉석에서 술자리를 마
련하여 그녀에게 비파를 연주하게 하였다. 행복했던 젊은 시절
은 지나가고 지금은 강호를 떠도는 처량한 신세가 되었다는 슬
픔에 찬 그녀의 하소연에서 백거이는 하루아침에 권문세족들의
모함으로 지방관으로 좌천된 자신의 불우한 처지를 되새기며

감회에 젖어 616자에 이르는 장문의 「비파행」을 짓게 되었다.

이 소령에서는 백거이의 「비파행」에서 그 제재를 취하여 「심양강」이라 제목을 붙이고 백거이가 심양강 가에서 손님을 전송할 때 상녀(商女)를 만난 이야기를 빌려 천하를 떠도는 자신의 처량한 심정을 기탁하였다. 상녀의 애끓는 사연과 비파소리를 듣고 백거이는 근심에 잠기는데, 이 소령에서 표면적으로는 백거이의 근심을 묘사하였지만 그 내면에는 실의에 빠져 불우한 환경에 처한 작자의 심경이 반영되어 있다. 작자는 이 소령에서 상녀에 대해 무한한 동정을 보내고 있으니, 그녀가 타는 비파의 애끓는 소리는 바로 무도한 사회에 대한 고발이고, 그 소리를 근심스레 듣는 마음은 바로 그녀에 대한 동정이다. 내용의 전반적인 기조는 대체로 백거이의 「비파행」을 바탕으로 하고 있다.

동정호

계책을 성공 못한 건,
서시(西施) 여인 때문,
그녀는 원래 경국지색으로 오나라를 멸망시켰지.
높도다! 배타고 떠난 범려의 은둔이여.
오호(五湖)를 떠다닌 곳이 어디였던가?
만약 낚싯대에 줄매달아 고기잡이 안했더라면,
그의 운명도 삼려대부 굴원처럼 되었으리라.

洞庭湖

畵不成, 西施女, 他本傾城卻傾吳. 高哉範蠡乘舟去, 那裏是泛五湖, 若綸竿不釣魚, 便索他學楚大夫.

* 동정호(洞庭湖): 태호(太湖)의 다른 이름으로 호남성 북부
  에 있는 중국 제2의 담수호인 동정호와는 다르다. 태호는
  장강의 하류인 강소성 남부에서 절강성에 이어지는 큰 담수
  호로 예로부터 경승지로서 유명하며 그 동서쪽에 동정산이
  있다.
* 서시(西施): 춘추시대 월나라 미녀로 범려의 계책에 따라
  오나라 왕 부차를 유혹하여 월나라의 승리를 견인하였다.
* 경성(傾城): 경국지색(傾國之色)과 같은 뜻인 경성지색(傾
  城之色)의 줄임말로 나라를 기울게 할 정도로 대단히 뛰어

난 미인을 가리킨다. 어원은 한나라 무제 때 협률도위 이연년(李延年)이 지은 시에서 비롯되었는데, 『한서』 「효무이부인전(孝武李夫人傳)」에 시의 내용이 전한다.

* 범려(範蠡): 춘추시대 초나라 사람으로 자는 소백(少伯)이다. 문종(文種)과 함께 월왕 구천(句踐)을 보좌하여 오나라를 멸망시키는데 가장 큰 공을 세워 상장군이 되었다.

* 오호(五湖): 일반적으로는 태호를 가리키는 것으로 보지만, 『오월춘추』 「부차내전」 주에는 다음과 같은 설이 있다. "오호는 일설에는 공호(貢湖) · 유호(遊湖) · 서호(胥湖) · 매량호(梅梁湖) · 금정호(金鼎湖)라 하는데, 위소(韋昭)는 서호(胥湖) · 여호(蠡湖) · 조호(洮湖) · 격호(滆湖)에서 태호까지 다섯 개라 하였다. 우번(虞翻)은 태호의 물이 다섯 길로 통하기 때문에 오호라 한다고 하였다."

* 초대부(楚大夫): 초나라의 정치가이자 비극적인 시인으로 삼려대부를 지낸 굴원을 가리킨다.

서시와 범려의 이야기를 주제로 한 잡극으로는 관한경의 「고소대범려진서시(姑蘇臺範蠡進西施)」와 조명도의 「도주공범려귀호(陶朱公範蠡歸湖)」가 있다. 범려와 서시의 이야기는 『오월춘추』 「구천음모외전(句踐陰謀外傳)」과 『사기』 「월왕구천세가(越王句踐世家)」를 근거로 하고 있다. 범려는 월왕 구천을 보좌하여 오나라를 멸망시키는데 가장 큰 공을 세웠지만, 그는 큰 명성 아래에서는 오래 살기가 어렵다고 생각하고, 또 구천의 사람됨이 환난을 함께 할 수는 있지만 안락을 함께 나누기는 어렵다고 판단하여 마침내 서시를 데리고 오호에서 배를 타고 떠났으나 어디로 갔는지는 모른다. 일설에는 제나라로 건너가 도주공(陶朱公)이라는 큰 부호가 되었다고도 한다. 범려는 구천을 보좌하여 오나라를 멸망시킨 후 의연히 벼슬을 사임하고 배를 타고 떠나버렸으니, 후세 사람들은 이것으로써 그를 공을 성취한 후 그 자리에서 물러난, 사리에 통달한 선비에 비유하였다.

이 소령에서는 서시의 미모와 범려의 현명한 처세를 칭송하였다. 특히 마지막 구에서는 그들이 배를 타고 태호를 떠나게 된 정치적 배경을 부각시키면서, 범려가 만약 물러나지 않았더라면 그의 운명도 굴원처럼 되었을 것이라는 점을 강조하였다.

임공시

미모와 재능을 갖춘,
명가의 딸,
스스로 몰래 나와 수레에 함께 탔네.
한나라 사마상여는 문장가,
한 곡의 거문고에 그를 사랑하고,
두 구의 시에 그와 함께하여,
다시 재혼하게 되었다네.

臨邛市

美貌才, 名家子. 自駕著箇私奔坐車兒, 漢相如便做文章士. 愛他
那一操兒琴, 共他那兩句兒詩, 也有改嫁時.

* 임공시(臨邛市): 지금의 사천성 공협현(邛峽縣)이다.
* 한나라 무제 때 탁문군은 시문과 음률에 능한 미모의 여인
  이었다. 그녀는 거상 탁왕손(卓王孫)의 딸로 안타깝게도 17
  세의 어린 나이에 과부가 되어 홀로 외로운 나날을 보내고
  있었다.
* 상여(相如): 한부(漢賦) 4대가의 한 사람인 사마상여(司馬
  相如). 자가 장경(長卿), 한나라 성도(成都) 사람으로 경제
  때 무기상시(武騎常侍)에 올랐으나 병을 핑계로 사직하였다.
  그가 지은 「자허부(子虛賦)」와 「상림부(上林賦)」가 무제의

환심을 사면서 무제의 시종관이 되었다.

사마상여와 탁문군의 사랑이야기를 제재로 한 잡극으로는 관한경의 「승선교상여제주(升仙橋相如題柱)」가 있다. 『사기』 「사마상여전」에 의하면, 한나라 때 임공의 거상 탁왕손의 딸 탁문군은 과부가 되어 외로운 나날을 보내고 있던 중 마침 자기 집에 식객으로 와있던 사마상여의 외모와 재능에 반하여 함께 야반도주하였다. 그들은 사마상여의 고향인 성도로 가서 살았으나 생활이 극도로 곤궁하였다. 결국 가난을 견디지 못한 두 사람은 다시 임공으로 돌아가서 주점을 열어, 탁문군은 술을 팔고 사마상여는 곁에서 그 일을 거들었다. 이를 수치로 여긴 탁왕손은 마침내 탁문군에게 재산을 내어주었으며, 이로써 탁문군과 사마상여는 다시 성도로 돌아가서 행복하게 살았다.

고대 전통적인 중국사회에서 여자가 한번 시집갔다가 다시 재혼한다는 것은 있을 수 없는 일이었다. 특히 한 무제는 동중서(董仲舒)의 건의를 받아들여 백가를 물리치고 유가를 통치이념으로 받들었으며, 이로 인하여 가정윤리에 있어서는 특히 여자의 삼종지도(三從之道)가 강조되었다. 『예기』 「의례(儀禮)」에 의하면, "부인에게는 세 가지 따라야 할 사람이 있으니 함부로 행동해서는 안 된다. 시집가기 전에는 아버지를 따르고 이미 시집을 갔으면 남편을 따르고 지아비가 죽었으면 아들을 따라야 한다.(婦人有三從之義, 無專用之道, 故未嫁從父, 既嫁從夫, 夫死從子.)"라고 하여 여자의 삶을 극히 제한하고 있다. 이러한 유가적 윤리 관념이 엄격하게 지배하고 있는 시기에 탁

문군과 같은 과부가 다시 사랑하는 남자를 만나 새로운 가정을
꾸리기 위해서는 함께 몰래 도망가서 사는 길이 유일한 출로였
던 것이다.

　이 소령에서는 탁문군이 무거운 유가적 속박을 벗어던지고
용감하게 사마상여와 부부의 연을 맺게 된 이야기를 묘사하여,
봉건예교에 맞서는 여주인공의 반항적인 성격을 찬양하고 남녀
간의 자유로운 연애를 동경하였다. 이는 몽고족의 통치체제라
는 특수한 시대상황에 오랫동안 중국의 전통윤리를 지배해 왔
던 엄격한 유가사상의 틀이 기본적으로 와해되면서 남녀 간의
사랑과 부부관계에 대해서도 삼종지도를 부정하는 등 상당한
자유를 추구했다는 것을 의미한다.

천태로

약 캐는 동자,
봉황 탄 나그네.
애석하게도 유신(劉晨)은 천태산을 내려와,
봄바람은 다시 왔건만 그 사람은 어디 있나?
도화(桃花)도 보이지 않는데,
운명이 기구한 곤궁한 수재여,
누가 그대를 돌아가게 했던가!

天台路

采藥童, 乘鸞客. 怨感劉郎下天台, 春風再到人何在. 桃花又不見開, 命薄的窮秀才, 誰教你回去來.

* 천태(天台): 천태산으로 지금의 절강성 천태현(天台縣) 북쪽에 있으며 서하령산맥의 동쪽 줄기이다.
* 승란객(乘鸞客): 봉황 탄 나그네로 소사와 농옥의 이야기에서 전고를 취한 것이다.(앞의 「봉황파」 참고) 소사와 농옥이 봉황을 타고 하늘로 날아갔다는 데서 남편 또는 마음속으로 사모하는 사람, 부부 등을 비유한다.
* 유랑(劉郎): 오입도원(誤入桃源) 고사에 나오는 유신(劉晨)을 가리킨다.

　유랑의 이야기를 제재로 한 잡극으로는 마치원의 「유완오입도 원동(劉阮誤入桃源洞)」이 있는데, 유신과 완조(阮肇)가 천태산에 들어가 선녀를 만난 이야기를 묘사한 것이다. 『예문유취(藝文類聚)』 권7 「천태산」에 인용된 남조시대 유의경의 『유명록(幽明錄)』에 의하면, 후한 명제(28-75) 영평(永平: 58-75) 연간에 유신은 완조와 함께 약초를 캐러 천태산에 올라갔다가 길을 잃어버렸다. 이때 그들은 산속에서 용모가 눈부시게 아름다운 두 여인을 만났는데, 그 여인들은 유신과 완조를 초대하여 음식을 풍성하게 차리고 환대하였다. 그렇게 반년을 지낸 후 유신과 완조는 집에 돌아길 부탁하여 집에 도착하니 자손들이 이미 7대까지 내려가 있었다. 그 후 유신과 완조는 다시 천태산으로 들어갔으나 그 여인들의 행방을 찾지 못했다. 『태평어람』권 41과 『태평광기』 권61 「천태이녀(天台二女)」에도 이와 비슷한 내용이 부연되어 실려 있다.

　이 소령에는 화난 듯 애교 속에 사랑과 그리움이 충만하고 가벼운 질책 속에 깊은 정이 넘쳐난다. 구균은 『동리악부전집』에서 오입도원(誤入桃園) 고사를 제재로 한 이 소령을 마음속으로 사모하는 낭군에 대한 젊은 여인의 강렬한 사랑을 매우 생동감 있게 묘사하였다고 하였다. 그러나 구균의 이러한 견해를 약간 다른 시각으로도 볼 수 있다. 즉, 유신이 천태산에서 선녀들과 함께 보내던 신선 같은 생활을 그만두고 집으로 내려왔지만 다시 돌아온 현실세계는 봄이 와도 도화조차 피지 않을 정도로 쓸쓸하여 생기라고는 전혀 찾아볼 수 없으며, 이러한 현실에서 유신의 개인적인 운명 또한 여전히 곤궁한 수재로 전락하여 희망도 없게 되었다. 이에 작자는 "운명이 기구한 곤궁한 수재여, 누가 그대를 돌아가게 했던가!"라고 탄식하면서 신선생활을 포기한 유신의 행동을 애석하게 여겼으니, 이는 작자 자신이 처한 시대적 상황과도 무관하지 않아 보인다. 따라서 이 소령에는 당시의 암울한 현실사회에 대한 불만과 신선생활에 대한 동경이 함축적으로 내재되어 있다고도 할 수 있겠다.

남교역

옥 절굿공이 한가함은,
현상(玄霜)을 다 찧었기 때문인데,
어찌 감히 남교(藍橋)에서 떠가는 구름을 바라볼 수 있었을까?
배항(裴航)은 스스로 신선의 신분을 갖고 있었다네.
원래는 다른 여인의 마음을 훔친 사람으로,
달을 구경하는 사람 되었다가,
마침내 사랑을 성취했다네.

藍橋驛

　玉杵閑, 玄霜盡, 何敢藍橋望行雲, 裴航自有神仙分. 原是箇竊玉
人, 做了箇賞月人, 成就了折桂人.

* 남교(藍橋): 지금의 섬서성 남전현(藍田縣) 동남쪽에 있다. 옛
  날에 이곳에 역참이 있었기 때문에 남교역이라 하게 되었다.
* 옥저(玉杵): 옥으로 만든 절굿공이인데, 여기서는 배항(裴
  航)이 운영(雲英)을 위해 약을 찧던 절굿공이를 가리킨다.
* 현상(玄霜): 단약 이름. 『한무내전(漢武內傳)』에서는 "선도
  를 닦는 사람들의 좋은 단약 중에 현상과 강설이 있다.(仙家
  上藥, 有玄霜降雪.)"라고 하였다. 당대 전기소설 「배항」에
  는 "경장(瓊漿: 신선이 마시는 음료)을 한번 마시면 온갖
  느낌이 솟아나고, 현상을 다 찧어야 운영을 만나리라. 남교

가 바로 신선의 집이니, 어찌 힘들게 옥청(玉淸: 삼청의 하
나로 상제가 있는 곳)에 오를 필요가 있겠는가!(一飮瓊漿百
感生, 玄霜搗盡見雲英, 藍橋便是神仙窟, 何必崎嶇上玉淸.)"
라는 번운교(樊雲翹) 부인의 시가 있다.

* 행운(行雲): 떠가는 구름. 이것은 무산신녀의 전고를 빌어
  신녀 또는 사랑하는 여인을 비유한 것이다. 전국시대 초나라
  송옥의 「고당부서」에서, "아침에는 떠가는 구름이 되었다가
  저녁이면 지나가는 비가 되겠습니다.(旦爲朝雲, 暮爲行雨)"
  라고 하였다.(「무산묘」 참고)

* 배항(裵航): 당대 전기소설 「배항」에 등장하는 주인공의 이
  름. 전기소설 「배항」에서 노파는 배항에게, "그대는 원래 배
  진인(裵眞人)의 후손인데 업으로 세상에 나오게 되었다."라
  고 하였다.

* 절옥(竊玉): 투향절옥(偸香竊玉)의 줄임말로 다른 여인의
  마음을 몰래 훔쳤다는 뜻이다. 여기서는 배항이 악저(鄂渚)
  에서 배를 함께 탔던 번운교 부인을 사모했던 일을 가리킨
  다.(당대 전기소설 「배항」 참고)

* 상월(賞月): 당대 전기소설 「배항」에 의하면, "노파가 옷섶
  에서 약을 꺼내주니 배항은 낮에 온종일 그것을 찧다가 밤
  이 되어야 멈추었다. 밤에는 노파가 약절구를 안방으로 가지
  고 들어갔다. 배항은 약 찧는 소리가 들려 몰래 그것을 훔쳐
  보니 절굿공이를 손에 쥔 옥토끼가 있었는데 눈처럼 하얀
  빛이 방안을 비추고 있어 조금밖에 볼 수 없었다."라고 하
  였다.

* 성취(成就): 원만하게 이루어졌다는 뜻으로 배항과 운영이
  결혼하여 함께 살게 되었다는 것을 의미한다.

* 절계인(折桂人): 과거에 급제한 사람이란 뜻으로 여기서는 바로 배항을 가리킨다. 절계(折桂)는 원래 계수나무 가지를 꺾었다는 뜻으로 과거에 급제하다는 말임.

　주밀의 『무림구사(武林舊事)』 권10 「관본잡극단수(官本雜劇段數)」에는 「배항상우락(裵航相遇樂)」이라는 잡극 편명 보이고, 조본 『녹귀부』에는 유길보(庾吉甫)의 잡극 「배항우운영(裵航遇雲英)〉」이 보인다. 이 소령의 내용은 『태평광기』 권50에 수록되어 있는 당대 전기소설 「배항」의 이야기를 근거로 한 것이다.
　당나라 목종 장경(長慶: 821-824) 연간에 수재였던 배항은 악저(鄂渚: 호북성 무창현 서쪽 장강 중류 지역)에 놀러갔다가 배를 빌려 도성으로 돌아가던 길에 번부인(樊夫人)과 함께 타게 되었다. 배항은 절색인 그녀에게 반하여 시를 써서 건네주니 번부인이 답하기를, "경장을 한번 마시면 온갖 느낌이 솟아나고, 현상을 다 찧어야 운영을 만나리라. 남교가 바로 신선의 집이니, 어찌 힘들게 옥청에 오를 필요가 있겠는가!" 라고 하였다. 그런 일이 있은 후에 배항은 남교역을 지나다가 길가에 있는 초막에서 삼베를 짜고 있는 노파를 만났다. 마침 목이 말랐던 배항이 노파에게 마실 것을 구하자 노파는 운영을 불러 물을 한 그릇 내어오게 하였다. 운영의 자태는 천하절색이었으며 그 물을 마시니 실로 옥액(玉液: 옥에서 나는 즙, 도가의 선약)이었다. 이에 배항이 노파에게 운영을 아내로 맞이하고 싶다는 뜻을 밝히자, 노파는 그렇게 하려면 반드시 옥 절구와 절굿공

이로 백 일간 약을 찧어야 된다고 하였다. 마침내 배항은 옥
절구와 절굿공이를 구해와 운영을 아내로 맞이하였으며, 나중
에는 번부인의 이름이 운교(雲翹)이고 운영의 언니라는 사실을
알게 되었다. 그 후 배항과 운영은 함께 화산 옥봉동에 들어가
강설(綱雪)과 경영(璚英)이라는 단약을 먹고 신선이 되었다.

  이 소령에서는 당대 전기소설 「배항」에 나오는 배항과 운영
의 이야기를 빌어 그들에 대한 흠모의 정을 기탁하였으며, 여
기에 사용된 언어는 간결하면서도 유려하다. 특히 마지막 3구
는 말을 하듯 거침없이 써내려간 것으로 그 가사가 대단히 절
묘하다.

무산묘

저녁에는 비가 되어 맞이하고,
아침에는 구름이 되어 전송하네.
저녁비와 아침구름은 흔적도 없으니,
양왕(襄王)이 양대(陽臺)의 꿈을 거짓말했구나.
구름도 없고,
비도 없는데,
무산십이봉(巫山十二峯)에 올라간들 무엇 하리!

巫山廟

　暮雨迎, 朝雲送. 暮雨朝雲去無蹤, 襄王謾說陽臺夢. 雲來也是空,
雨來也是空, 怎挨十二峰.

* 무산(巫山): 지금의 사천성 무산현(巫山縣) 동남쪽에 있다.
　장강이 이곳을 흘러 지나가면서 유명한 장강삼협의 하나인
　무협(巫峽)을 형성하고 있다. 여기에 12개의 봉우리가 있는
　데, 그 중에서 신녀봉이 가장 아름답다. 그 신녀봉 아래에
　신녀의 사당이 있으니 이것이 바로 무산묘(巫山廟)이다.
* 모우(暮雨) 조운(朝雲): 저녁비와 아침구름. 송옥의 「고당부
　서(高唐賦序)」에서 나오는 전고로 남녀 간의 깊은 사랑을
　비유하는 말이다.
* 양대몽(陽臺夢): 양대의 꿈. 송옥의 「고당부서」에서 나온 말

로 흔히 사자성어로 사용되는 양대지몽(陽臺之夢)은 조운모
우(朝雲暮雨)·무산지몽(巫山之夢)과 같은 뜻이다. 여기서
양대란 해가 잘 비치는 누대라는 뜻인 동시에 은밀히 나누
는 사랑을 말한다. 그래서 양대불귀지운(陽臺不歸之雲)이라
하면 한 번 인연을 맺고 다시 만나지 못하는 경우를 가리킨
다.

* 십이봉(十二峰): 무산 십이봉. 『방여승람기주로(方輿勝覽夔
州路)』에 이르기를, "무산에 있는 12개의 봉우리는 망하
(望霞)·취병(翠屛)·조운(朝雲)·송만(松巒)·집선(集
仙)·취학(聚鶴)·정단(淨壇)·상승(上昇)·기운(起雲)·비
봉(飛鳳)·등룡(登龍)·성천(聖泉)인데, 그 아래에 바로 무
산신녀의 사당이 있다."라고 하였다. 원나라 유훈(劉壎)의
『은거통의(隱居通議)』에서는 "무산십이봉은 …… 독수(獨
秀)·필봉(筆峯)·집선(集仙)·기운(起雲)·등룡(登龍)·망
하(望霞)·취학(聚鶴)·서봉(棲鳳)·취병(翠屛)·반룡(盤
龍)·송만(松巒)·선인(仙人)이다."라고 하였다.

『무림구사』 권10 <관본잡극단수>에는 「몽무산채운귀(夢巫山
彩雲歸)」라는 잡극 편명이 실려 있는데 무산 신녀에 관한 이야
기를 묘사한 것이다. 그 내용은 송옥의 「고당부서」에 근거하고
있다.

초나라 양왕이 송옥과 함께 운몽(雲夢)이라는 곳을 유람하다
가 고당(高唐)의 경관을 바라보니 거기에만 운기(雲氣)가 서려
있었는데 위로 높이 올라갔다가 갑자기 모습이 바뀌곤 하여 잠

간 사이에 변화가 무쌍하였다. 양왕이 그것을 무슨 기운이냐고 물으니 송옥은 조운(朝雲)이라고 하면서 옛날에 선왕(즉, 회왕)과 무산신녀에 관한 이야기를 하였다. 선왕이 고당에서 노닐다가 잠시 잠들어 꿈에 한 여인을 만나 그 여인의 청으로 며칠을 동침하였으며, 그 여인이 떠날 때가 되어 말하기를, "저는 무산의 양지쪽 높고 험준한 절벽에 살고 있는데 아침에는 떠가는 구름이 되고 저녁이면 지나가는 비가 됩니다."라고 하였고, 이튿날 아침 무산을 바라보니 과연 꿈속에서 그 여인이 말했던 것과 같아서 선왕은 그 자리에 사당을 세우고 그 사당을 조운(朝雲)이라 했다는 것이다.

후세 사람들이 남녀 간의 밀회를 무산(巫山)·운우(雲雨)·고당(高唐)·양대(陽臺) 등에 비유한 것은 모두 여기에서 나왔다. 이 소령에서는 운우지락(雲雨之樂)도 한낱 부질없는 생각일 뿐이라는 것을 설명하고자 하였는데, 작자의 투수 [대석조] <청행자> 「오미(悟迷)」와 비교해서 읽어보면 좋다.

해신묘

추선가(秋扇歌)를 부르며,
청루에서 술 마시네.
원래 지기(知己)는 지기를 아끼는 법,
계영(桂英) 너는 왕괴(王魁)를 얼마나 원망했을까!
단지 잘생긴 남자를 보고,
이미 화대도 받았는데,
누가 배신했는지 알겠노라.

海神廟

秋扇歌, 青樓飮. 自是知音惜知音, 桂英你怨王魁甚. 但見一箇傅粉郎, 早救了買笑金, 知他是誰負心.

* 해신묘(海神廟): 원대에 성행하였던 왕괴와 계영의 이야기에서 해신묘는 왕괴가 경성으로 떠나기 전에 계영과 사랑의 맹세를 한 곳이면서, 계영이 자살한 후에 원혼이 되어 억울함을 고소한 곳이다.
* 추선(秋扇): 가을철의 부채라는 뜻으로 남자의 사랑을 잃은 여자나 철이 지나서 쓸모없이 된 물건을 비유하여 이르는 말. 전한 성제(成帝: 재위 BC32-BC7)의 후궁 반첩여는 조비연과의 사이에서 밀려나 성제의 총애를 잃은 후 가을이 되어 쓸모없게 된 부채를 보고 자신의 처지와 일치한다는

생각이 들어 「원가행(怨歌行)」을 지었는데 여기에 추선이라
는 말이 나온다.

* 청루(靑樓): 기방. 홍루(紅樓) 또는 기루라고도 한다.
* 지음(知音): 소리를 알아듣는다는 뜻으로 자기의 속마음을
  알아주는 친구를 이르는 말이다. 춘추시대 거문고의 명수 백
  아와 그의 친구 종자기와의 고사에서 비롯된 말이며, 지기지
  우(知己之友) 또는 줄여서 지기(知己)라고도 한다.
* 부분랑(傅粉郎): 분 바른 남자. 위진시대 현학(玄學)의 시조
  로 받들어지는 하안(何晏)을 가리키는 말인데 『어림(語林)』
  과 『세설신어』에 의하면, 하안은 잘 생긴 외모에다 얼굴이
  너무 하얬기 때문에 위(魏) 명제(明帝: 재위 227-239)는
  그가 얼굴에 분을 발랐을 것이라 생각하고 한여름에 그에게
  뜨거운 떡국을 주었다. 하안은 떡국을 다 먹고 나서 많은 땀
  이 흘러내리자 붉은 옷으로 땀을 닦아내니 얼굴색이 더욱
  하얗게 변했다고 한다. 이에 부분하랑(傅粉何郎: 분을 바른
  하랑)이란 말이 생겨나게 되었으며, 여기서는 미남자를 가리
  킨다.
* 구(救): 수(收)자의 오기인 것 같다.
* 매소금(買笑金): 기녀가 웃음을 팔고 받는 돈.

왕괴와 계영의 이야기는 원대에 매우 성행하였으며 왕괴는
중국 희곡과 소설에서 전형적인 사랑의 배신자 형상이다. 작자
미상의 남희 「왕괴」와 「송원구편(宋元舊篇)」·「왕괴부계영(王
魁負桂英)」, 상중현의 잡극 「해신묘왕괴부계영(海神廟王魁負桂

英)」 등이 있다. 송대 가우(嘉佑: 1056−1063) 연간에 착하고 정이 많은 기녀 계영은 어느 날 과거에 낙방하고 저자거리에 쓰러져 있던 서생 왕괴를 구해주고 그와 부부의 연을 맺는다. 계영은 왕괴의 재주를 알아보고 물심양면으로 그의 과거준비를 돕는다. 계영의 내조로 왕괴는 과거에 응시하러 떠나면서 해신묘에 들러 영원히 변치 않겠다는 사랑의 맹세를 하였지만, 과거에 급제한 후에는 계영과의 맹세를 저버리고 재상의 딸과 결혼하였으며, 이때부터 그의 성격도 크게 변하여 부귀를 탐하였다. 한참이 지나도 왕괴의 소식을 모른 채 돌아오기만 마냥 기다리고 있다가 헤어지자는 왕괴의 편지를 받은 계영은 비통함과 절망 속에 울분을 이기지 못하고 자살한 후 귀신이 되어 다시 나타나 왕괴를 잡아간다.

　한 쌍의 아름다운 인연이 느닷없이 파경을 맞게 되었으니 누구를 원망하겠는가! 도대체 누가 누구를 배신한 것인가! 이 소령의 마지막에서 "누가 배신했는지 알겠노라."라고 한 것에 대해, 어떤 논자들은 작자가 이미 시시비비를 분간하지 못할 정도로 타락하였다고 하는데 아마도 정말로 그렇지는 않을 것이다.

조용히 물러나다 4수
恬退

제1수

검은 머리 쇠하고,
고운 얼굴 시들었네.
세속의 어굴 기린각에 그려질까 부끄러운데,
고향 풍경 여전하네.
세 이랑 밭,
다섯 뙈기 집 있으니,
전원으로 돌아가자.

一
綠鬢衰, 朱顔改. 羞把塵容畫麟臺, 故園風景依然在. 三頃田, 五畝宅, 歸去來.

* 녹빈(綠鬢): 검게 윤이 나는 고운 머리카락.
* 주안(朱顔): 불그레하고 부드러운 얼굴. 즉 혈기왕성한 젊은
  시절의 얼굴.
* 진용(塵容): 세속의 얼굴 모습.
* 인대(麟臺): 기린각(麒麟閣)을 가리킨다. 전한 선제(宣帝:
  재위 BC74-BC49) 때 공신 곽광(霍光)·소무(蘇武) 등 11

명의 초상화를 이 누각에 걸어두었다.(『한서』「소무전」 참
고) 후세 사람들은 자신의 초상화가 이 누각에 걸리는 것을
최고의 영예로 여겼다.

* 고원(故園): 옛 동산, 즉 고향을 가리키는 말이다.
* 귀거래(歸去來): 전원으로 돌아가자는 뜻이며, 래(來)는 어
  조사이다. 도연명의 「귀거래사(歸去來辭)」에 나오는 말로 후
  세 사람들은 은거하여 전원으로 돌아갈 때마다 항상 귀거래
  (歸去來)라는 말을 사용하였다.

　이 4수의 소령은 모두 『태평악부』와 『악부군주』에 실려 있
다. 이 소령의 제목 염퇴(恬退)란 명리를 추구하지 않고 물러
나서 은거함을 낙으로 삼는다는 뜻이다. 이 4수의 소령은 작자
가 만년에 고향으로 돌아와 은거하던 시절에 지은 작품이다.
여기서 작자는 고향과 고국의 풍경에 대한 묘사를 통하여 대자
연에 대한 강렬한 사랑과 은거생활에 대한 찬미를 표현하였다.
　이 곡의 전반부에서는 나이가 점점 들어감에 따라 검은 머리
가 희게 변하고 혈기에 찬 얼굴도 늙고 시들어 누렇게 변하였
다고 하였다. 작자는 자기의 모습이 기린각에 걸리는 것을 부
끄러워하는데 그 뜻은 공명이록을 멸시하고 풍경이 수려한 고
향으로 돌아가고 싶다는 이상을 반영한 것이다. 후세 사람들은
자신의 얼굴이 기린각에 걸리는 것으로써 명리와 공명을 달성
한 상징으로 삼았다. 후반부에서 작자는 세 이랑의 밭과 다섯
뙈기의 집을 끌어들여 전원으로 돌아가고 싶은 여망을 노래했
다. 여기에는 세상에 대한 물욕을 버리고 유유자적한 지족안분

(知足安分)의 삶을 살고 싶은 작자의 고결한 내면의 의지가 반
영되어 있다.

제2수

맑은 물가,
푸른 산옆,
좋은 밭 두 이랑과 집 한 채 있어,
한적한 몸 세속 밖으로 뛰쳐나왔다.
자줏빛 게가 살찌고,
노란 국화 꽃피니,
전원으로 돌아가자.

二

　綠水邊, 青山側. 二頃良田一區宅, 閑身跳出紅塵外. 紫蟹肥, 黃
菊開, 歸去來.

* 일구(一區): 하나의 장소.
* 홍진(紅塵): 진애(塵埃). 번거롭고 속된 인간세상을 비유적
  으로 일컫는 말. 반고(班固)의 「양도부(兩都賦)」에는 "홍진
  에 사방으로 둘러싸이고, 연기와운무가 이어졌네.(紅塵四合,
  煙雲相連)"라는 구가 있고, 서릉(徐陵)의 「낙양도(洛陽道)」
  시에는 "푸른 버들 무성한 봄날은 어둑한데, 시끄러운 세상
  에는 백희가 많다네.(綠柳三春暗, 紅塵百戲多)"라는 구가
  있다.

　이 소령은 고향의 풍경을 묘사한 것으로 세속에 휩쓸리기를 원하지 않고 자유로운 삶을 살겠다는 작자의 소망을 표출하였다. 맑은 물이 흐르고 푸른 산이 펼쳐져 있는 고향의 모습은 마치 한 폭의 산수화처럼 아름답다. 여기에 조그만 밭과 집이 있으니 작자는 여기에서 땅을 일구며 생계를 해결할 수 있다. 후반부에서는 고향으로 은거하여 세속과 어울리기를 바라지 않겠다는 의지를 표명하였다. 고향에는 맛있고 통통하게 자란 게와 노란 국화꽃이 있으니 얼마나 그리운 고장인가. 귀거래(歸去來)는 세상살이의 고달픈 여정을 마감하는 필연적인 결과이며 고향의 풍경은 작자를 끌어들인 동기를 제공해주었다.

제3수

푸른 대나무 옆,
푸른 소나무 곁,
대 그림자 비치고 솔바람 소리 들리는 초가집 두 채,
요행히 한가한 몸을 얻었네.
세 갈래 작은 길을 다듬고,
다섯 그루 버드나무 심어,
전원으로 돌아가자.

三

翠竹邊, 靑松側. 竹影松聲兩茅齋, 太平幸得閑身在. 三徑修, 五柳栽, 歸去來.

* 삼경(三徑): 세 갈래로 난 작은 길. 『삼보결록(三輔決錄)』에 의하면, 한나라 장후(蔣詡)는 은거할 때 집 주위 대나무 아래에 세 갈래 길을 만들어 놓고 오직 구중(求仲)·구양(求羊) 두 사람하고만 왕래했다고 한다. 도연명의 「귀거래사」에는 "세 갈래 작은 길에는 잡초가 무성하지만, 소나무와 국화는 아직도 꿋꿋하네.(三徑就荒, 松菊猶存)"라는 구가 있다. 후세 사람들은 삼경(三徑)을 은자가 거처하는 곳의 대명사로 사용하였다.
* 도연명의 「오류선생전(五柳先生傳)」에 의하면, 도연명은 자

신을 오류선생이라 일컫고 살던 집 가에 버드나무 다섯 그
루를 심었다.

　이 소령은 고향의 수려한 풍경을 구체적으로 묘사하여 조용
히 물러나 한적하게 살겠다는 염퇴(恬退)의 정서를 표현하였
다. 전반부는 다채롭고 선명한 수채화처럼 입체감이 풍부하고
동적이다. 대나무 그림자 비치고 바람에 흔들리는 솔잎 소리
들리는 데 조용히 자리잡은 초가집 두 채는 은자가 살기에 가
장 적절한 조용하고 한적한 공간이다. 후반부에서는 이러한 탈
속적인 공간에서 여생을 보낼 수 있게 된 것을 요행이라 생각
한다. 여기에는 이민족 지배자들의 잔혹한 통치와 박해 아래서
는 누구든 행복한 삶을 영위하기 어렵다는 의미가 내재되어 있
다. 바꾸어 말하면 그러한 세상의 험악한 소용돌이 속에서 벗
어난 상황을 기쁜 심정으로 토로한 것이다. 이 곡은 앞에서 노
래한 고향의 풍경보다 더욱 구체적이고 은거의 심정을 더욱 간
절하게 반영하였다.

제4수

술 방금 사오고,
생선 새로 사오네.
눈앞에 그림처럼 펼쳐진 구름 낀 산,
청풍명월은 못다 지은 시빚을 갚아주네.
본래 게으른 사람에다,
무슨 경세제민(經世濟民)의 재간도 없으니,
전원으로 돌아가자.

四

酒旋沽, 魚新買. 滿眼雲山畫圖開, 清風明月還詩債. 本是箇懶散人, 又無甚經濟才, 歸去來.

* 선(旋): 방금.
* 시채(詩債): 시빚. 시의 형식으로 묘사해야 하는 풍경을 묘사하지 못하고 펼쳐내야 하는 감정을 펼쳐내지 못해 마음의 빚을 진 것 같다는 의미이다. 일설에 의하면 다른 사람이 시를 부탁했으나 적시에 지어주지 못한 것을 이르는 말이라고도 한다. 백거이의 「효춘욕휴주심침사저작(曉春欲攜酒尋沈四著作)」에는 "돌이켜보니 내가 술을 광음한지 오래되어, 그대에게 시빚을 많이 졌구려.(顧我酒狂久, 負君詩債多)"라는 구가 있다.

* 경제재(經濟才): 경국제민(經國濟民)·경세제민(經世濟民)
　의 재능을 말한다.

　이 소령은 은거한 후의 한적한 생활을 묘사한 것이다. 노래
와 시로써 스스로 즐기고, 나아가서는 부귀공명을 멸시하고 세
속에 영합하지 못하는 분한 심정을 토로하였다.
　"본래 게으른 사람에다, 무슨 경세제민의 재간도 없으니(本
是箇懶散人, 又無甚經濟才)"라고 하여, 재능은 있어도 때를 만
나지 못한 현실을 향해 불평을 늘어놓기도 하였다. 여기에 사
용된 언어는 청신하고 자연스러우며 경물 묘사는 그림을 그린
듯 생동감이 넘쳐난다. 먹고 마시는 것이 적당하여 이미 만족
한데, 거기에 푸른 산의 경색이 한 폭의 산수화처럼 눈앞에 펼
쳐져 있으니 그간에 울적하던 마음까지 상쾌해진다. 이는 이곳
에서의 은거생활이 물질적으로나 정신적으로 모두 흡족하다는
것을 의미한다.

세상 한탄 9수
嘆世

제1수

귀밑머리 희끗희끗,
중년이 지났네.
무엇 때문에 구구한 고생 속에 세상일을 계획하리오.
인간사의 영욕을 모두 간파했는데,
봄바람에 두 이랑 밭에 씨 뿌리고,
세속의 천 길 파도 멀리하니,
이 얼마나 즐거운가!

一

兩鬢皤, 中年過, 圖甚區區苦張羅? 人間寵辱都參破. 種春風二
頃田, 遠紅塵千丈波, 倒大來閑快活.

* 원간본 『양춘백설』에서는 이 9수 중 제3수와 제4수를 유시
  중(劉時中)의 작품이라 하였으나, 원간본 『이원악부』에서는
  마치원의 작품이라 하였다. 여기에서는 『이원악부』의 설을
  따랐다.
* 파(皤): 나이가 들어 머리카락이 하얗게 센 것을 말한다.
* 구구(區區): 구구하다. 사소하다. 여기서는 공명을 가리킨다.

* 참파(參破): 간파하다.
* 도대래(倒大來): 마침내, 결국.

　세상을 한탄한 이 9수의 곡은 작자가 만년에 지은 작품으로 세속에 어울리지 못하는 작자의 고결한 의지가 반영되어 있다. 그 가운데는 현실사회에 대한 강렬한 반감도 있고, 명리와 부귀에 대한 멸시도 있다.

　이 소령은 세상사에 대한 작자의 감탄을 표명한 것으로, 작자는 중년을 지나 인간세상의 영욕을 모두 간파하였으니 전원으로 은거해야 재앙을 피할 수 있고 즐거움도 얻을 수 있다고 지적하였다. 전반부에서는 자신의 귀밑머리가 이미 하얗게 되어 중년을 지나 만년에 접어들었으니 도처에 분주하게 뛰어다니며 결국 무엇을 탐하겠느냐고 반문하였다. 후반부에서는 자신이 인간세상의 영욕을 모두 간파하였으니 오직 전원으로 돌아가서 두 이랑 밭을 가꾸며, 이렇게 세속의 시비가 멀리 떨어진 곳에서 화를 입지 않고 유유자적한 생활을 보내는 즐거움을 노래했다.

제2수

자식은 효성스럽고,
아내는 어질고 덕망 있는데,
부서진 이 마음 누구에게 쏟을까?
결국 덧없는 세월 면하기 어려우니,
명리를 다투고,
부귀를 다투는 것,
모두가 어리석은 짓이로다!

二

子孝順, 妻賢惠, 使碎心機爲他誰? 到頭來難免無常日. 爭名利,
奪富貴, 都是癡.

* 효순(孝順): 효성이 있어서 부모에게 잘 순종함.
* 현혜(賢惠): 어질고 덕망 있다는 뜻으로 현혜(賢慧)와 같다.
* 무상(無常): 덧없는 세월. 사람의 죽음을 가리킨다.

세상살이를 한탄한 탄세(嘆世)의 작품은 원대산곡에서 아주
흔하게 보이는 주제인데, 이 곡에서는 정치적이나 사회적인 문
제를 떠나 가정적인 문제에 접근하여, 자식이 아무리 잘하고

아내가 아무리 어질더라도 이미 세상에 동화되지 못하고 쓰일 수도 없으니 모두 부질없다는 인생무상을 노래했다. 이미 사회적으로 많은 상처를 입은 작자는 더 이상 현실에 미련을 갖지 않고 전원으로 돌아가 부서진 마음을 위로받고 싶은 생각을 반영하고 있다.

제3수

한손엔 들꽃 들고,
한손엔 시골 술 드니,
번뇌가 어떻게 마음에 이르리오.
누가 말달리며 항상 고기 먹을 수 있겠는가?
두 이랑 밭과,
한 마리 소 있으니,
배부르구나 편히 쉬세!

三

帶野花, 携村酒, 煩惱如何到心頭. 誰能躍馬常食肉. 二頃田, 一
具牛, 飽後休.

* 약마식육(躍馬食肉): 말을 타고 다니고 넉넉한 녹봉을 받으
  며 생활하는 관리들의 호화로운 생활을 의미한다.
* 구(具): 소를 세는 양사로서 두(頭)와 같다.

이 곡은 다음의 네 번째 곡과 함께 명초본 『양춘백설』 후집
과 『옹희악부』에 실려 있다. 『양춘백설』·『악부군주』·『옹희악
부』에서는 모두 유시중의 작품이라 하였다. 『악부군주』에서는

이 곡의 제목을 은거(隱居)라고 하였다. 『양춘백설』과 『악부군
주』·『옹희악부』에서는 대(帶) 자가 간(看)으로 되어 있다.

　이 소령은 전원생활을 즐거움을 노래한 것이다. 번잡한 세상
살이에서 벗어나 들판에 핀 이름 모르는 야생화는 사람들이 좋
아하는 그 어떤 화려한 꽃도 부러워하지 않는다. 그처럼 작자
는 시골에서 무명의 은자로 살아가면서 목마르면 언제든지 손
에 든 술병의 술을 마실 수 있으니 근심도 없고 걱정도 없다.
세상에 살면서 말을 타고 다니고 맛있는 고기를 먹으려면 높은
지위에 올라가야 가능한 일이고, 또 그렇게 되려면 야비한 세
상에 영합하면서 세파에 얼마나 시달려야 가능한 일이겠는가.
비록 조용한 시골이긴 하지만 집 앞에는 밥해 먹을 논밭도 있
고 또 집안에는 마음만 먹으면 언제든지 고기로 해먹을 소도
있으니 그 어떤 고관대작도 부럽지 않다는 것이다. 그러나 그
이면에는 애써 번뇌를 잊기 위하여 은거하게 된 작자의 탄식이
내재되어 있다.

제4수

나라를 보좌하는 마음,
하늘을 찌를 듯 뛰어난 재주,
목숨에는 때가 없으니 억지로 구하지 말고,
언제나 살면서 사서 고생하지 마라.
몇 장의 무명과,
한 조각의 명주 있으니,
따뜻하구나 편히 쉬어야지!

四

佐國心, 拿雲手, 命裏無時莫剛求. 隨時過遣休生受. 幾葉綿, 一
片綢, 暖後休.

* 나운(拿雲): 기세가 하늘을 찌르다. 높고 원대하다. 당대 이
  하의 「치주행(致酒行)」 시에서, "젊은이의 뜻 마땅히 하늘을
  찔러야 할 것인데, 탄식이나 하는 이를 누가 생각하겠는가.
  (少年心事當拿雲, 誰念幽寒坐鳴呃)"라고 하였다.
* 강구(剛求): 억지로 구하다.
* 수시(隋時): 언제든지
* 과견(過遣): 살아가다
* 생수(生受): 사서 고생하다. 이 구는 일상생활에 힘들게 고

생하지 마라는 의미이다.

　이 소령에서는 나라를 위해 공훈을 세울 뛰어난 재주를 가졌다고 할지라도 억지로 명리를 구하지 말고 생고생을 사서 하지도 말라고 충고하고 있다. 그저 몸에 걸칠 천 조각만 있으면 몸이 어디에 처해있더라도 편안히 쉴 수 있다는 데서 세상에 대한 강한 미련을 역설적으로 느낄 수 있다. 그러나 여기에는 이미 전원으로 돌아가 은거생활의 즐거움을 마음껏 누리고 있으니 이제는 그 어떤 명예나 영화도 부럽지 않아 편안히 쉬고 싶다는 여망이 담겨 있다. 몇 장의 무명과 한 조각의 명주에 만족하는 작자의 모습에서 안빈낙도를 처세의 핵심으로 삼는 전통 유가의 모습을 읽을 수 있다.

제5수

달을 이고 가고,
별을 지고 가는데,
외로운 객사에서 한식날 그리운 고향 가을,
아내는 살쪘겠지만 나는 수척해졌다.
베갯머리에서도 걱정이고,
말머리에서도 근심이니,
죽은 뒤에나 편히 쉬려나!

五

帶月行, 披星走, 孤館寒食故鄕秋. 妻兒胖了咱消瘦. 枕上憂, 馬上愁, 死後休.

* 대월행 피성주(帶月行 披星走): 밤낮으로 길을 떠나는 나그네의 여정이 힘들고 고통스럽다는 말이다.
* 고관(孤館): 그네가 묵는 여관이다. 한식은 청명절 하루 앞날 또는 삼일 전이다. 이 날은 삼일동안 불로 요리를 하지 않고 생식으로 먹는다. 전하는 말에 의하면 춘추시대 진(晉) 나라 문공이 개자추를 애도하기 위해 그러한 규정을 만들었다고 한다. 여기서는 여행길의 어려운 상황을 비유한 것이다.

이 소령은 먼 길을 떠나는 나그네의 힘든 여정을 노래한 것
이다. 밤낮을 가리지 않고 길을 걸어가는 나그네처럼 우리의
인생살이도 먹고살기 위해 밤낮으로 일해야 한다는 것을 상징
적으로 비유하고 있다. 처자식을 먹여 살리기 위해 힘들게 일
하지만 자나 깨나 근심뿐이다. 이 곡은 세상살이의 어려움을
여행길의 험난함에 비유한 것이다. 삶이 끝나야 이러한 고통에
서 영원한 안식을 얻을 수 있다는 하소연에서 인생의 덧없음이
무한히 느껴진다.

제6수

백옥 무더기,
황금 무더기 있어도,
하루가 무상하면 어찌하리.
좋은 시절 아름다운 경치를 헛되이 보내지 마라.
유리잔에 호박색 짙은 술,
날씬하고 치아가 하얀 미인들이 춤추고 노래하니,
이 얼마나 즐거운가!

六

白玉堆, 黃金垛, 一日無常果如何. 良辰媚景休空過. 琉璃鍾琥珀
濃, 細腰舞皓齒歌, 倒大來閑快活.

* 유리(琉璃): 일종의 유약으로서 녹색이나 금황색을 띠고 있
   다. 고대에는 궁전에 유리기와를 사용하였다.
* 종(鍾): 술을 담는 용기.
* 호박(琥珀): 광물의 이름. 옛날 송진 등이 땅속에 묻혀 굳어
   진 물건이다. 황색 투명하며 타기 쉽고 잘 닦아서 장식품으
   로 쓴다. 여기서는 술을 가리킨다.
* 세요(細腰): 가느다란 허리를 가리킨다. 『한비자』에 의하면
   초나라 영왕(靈王)은 허리가 가느다란 미인을 좋아하였기
   때문에 궁중의 비빈들이 모두 날씬해지기 위해 밥을 조금만

먹는 바람에 결국은 많은 여인들이 굶어 죽었다는 이야기가
전한다.
* 호치(皓齒): 하얀 치아. 여기에서 가느다란 허리와 하얀 치
아는 모두 아름다운 여인을 가리킨다.

이 소령은 아무리 돈이 많고 부유하다 할지라도 인생은 유한
하니 아름다운 풍경을 감상하고 하루하루를 즐겁게 놀며 보내
는 것이 좋다는 급시행락(及時行樂)의 사상을 표현하였다. 옛
사람들은　양신(良晨)·미경(美景)·상심(賞心)·낙사(樂事)를
사병(四幷)이라 일컬었는데, 이중에서 인간이 동시 얻기 가장
어려운 것은 심사(心事)라고 여겼다. 작자는 여기에서 재물에
눈이 어두운 세속의 인간들에 대한 탄식을 토로하여 재물에 탐
욕이 없고 고결한 자시의 정신세계를 드러내었다.

제7수

풍전등화 같은 목숨,
전광석화 같은 세월.
신령한 태아를 가진다는 건 남가일몽이니,
복전에 자손에게 재앙을 심지 말라.
삼생의 청정연을 맺어,
편안하고 조용한 집에 머무르니,
이 얼마나 즐거운가!

七

風內燈, 石中火, 從結靈胎便南柯, 福田休種兒孫禍. 結三生淸淨
緣, 住一區安樂窩, 倒大來閑快活.

* 결령태(結靈胎): 태아가 형성된다.
* 남가(南柯): 남쪽으로 뻗은 나뭇가지 아래의 꿈이라는 뜻으
  로, 덧없는 꿈이나 부귀영화를 이르는 말이다. 남가일몽(南
  柯一夢)의 줄임말로 일장춘몽과 같은 말이다.
* 복전(福田): 불교 용어이다. 복을 받기 위하여 공양하고 선
  행을 쌓아야 할 대상으로서 부처 중 부모 등을 밭에 비유한
  말이다. 부처를 섬기면 복덕이 생기는 것이 곡식이 밭에서
  나오는 것과 같다는 뜻이다.
* 결삼생(結三生): 결연·삼생·청정은 모두 불교 용어이다.

결연은 불법과 인연을 맺는 것이고, 청정은 번뇌와 사욕이
없는 깨끗한 마음으로 악행과 번뇌, 속세의 모든 저속한 사
물을 멀리한다는 것이다. 삼생(三生)은 삼세(三世) · 삼제(三
際)라고도 하며, 전생 · 현세 · 내세를 가리킨다. 불교의 인과
윤회설의 이론적 근거가 되는 사상이다.
* 일구(一區): 하나의 구역, 하나의 장소를 가리킨다.

이 소령에서는 풍전등화 같이 위태로운 목숨과 전광석화 같
이 빨리 지나가는 세월 속에 가정을 꾸려서 자식을 낳고 산다
는 건 부질없는 꿈에 불과할 뿐이니 조용히 은거하여 불가와
인연을 맺고 한적한 삶을 사는 편이 훨씬 낫다는 것을 노래하
였다. 마치원은 원래 전통 유가집안 출신으로 국가경영에 참여
하려는 야망이 있었지만 그것을 이룰 수 없는 처지에 이르자
결국 은거하여 세상을 조롱하며 즐기게 되는데, 그의 이러한
사상적 이면에는 당시에 유행하였던 전진교 일파의 도교사상이
많은 영향을 미쳤지만, 이 곡에서는 불교적 세계관이 반영되어
있는 것이 특징이라 하겠다.

제8수

달 둥글게 차오르고,
꽃봉오리 맺었을 제.
말 가는대로 마부에게 맡겨 기방에 들어가서,
좋은 방 한 칸을 잡아 앉았노라.
황금 술잔에 술 조금 따라 마시고,
낮은 소리로 백설가를 부르니,
이 얼마나 즐거운가!

八

月滿輪, 花成朶, 信馬携仆到鳴珂, 選一間巖嵌房兒坐. 淺斟著金
曲卮, 低謳著白雪歌, 倒大來閑快活.

* 월만륜(月滿輪): 보름달이 둥글게 차오르는 때를 가리킨다.
* 명가(鳴珂): 원래는 당대 전기소설 「이와전」에 등장하는 기생
  이와(李娃)가 살던 집인데 여기서는 기방・기원을 가리킨다.
* 암감(巖嵌): 감암(嵌巖)이라고도 하며, 암혈, 동굴을 가리킨
  다. 암감방아(巖嵌房兒)는 동굴 같은 방이란 뜻인데 여기서는
  겨울에 난방이 잘되고 여름에 시원한 좋은 방을 가리킨다.
* 금곡치(金曲卮): 황금으로 만든 큰 술잔.
* 백설가(白雪歌): 고대 악곡의 이름이다. 즉 금곡(琴曲)으로
  가락이 높다고 한다. 춘추시대 진(晋)나라 사광(師曠)이 지

었다고 전하는데, 당나라 고종 때 곡조를 다시 개편하여 고종이 지은 「설시(雪詩)」를 가사로 삼아 악부에 넣고 제목을 「백설가사(白雪歌詞)」라 하였다.

이 소령은 꽃봉오리 피어오르는 아름다운 보름날 저녁에 만사를 잊고 기생집에 가서 술 마시고 노래 부르며 마음껏 흥에 취하는 모습을 노래하였다. 작자는 원래 풍류를 즐기는 사람으로 한때는 기방을 휘어잡기도 하였다. 그의 작품 중에는 당시에 기원을 주름잡던 명기 주렴수와 화답한 곡도 있어 그러한 사실을 잘 반영해준다.

제9수

시루에 먼지 쌓이고,
문은 열려 있네.
사람들은 무슨 일을 계획하고자 하지만,
시를 함께하는 벗 찾아와 서로 화창하네.
마침내 술을 마시고,
즉석에서 익살을 부리니,
이 얼마나 즐거운가!

九

甑有塵, 門無鎖, 人海從敎鬪張羅. 共詩朋閑訪相酬和, 儘場兒喫
悶酒, 卽席間發淡科, 倒大來閑快活.

* 증유진(甑有塵): 옛날에 밥을 찔 때 사용하던 시루를 말한
  다. 증유진은 시루에 먼지가 낀다는 뜻으로 너무 가난하여
  솥에 밥을 해 먹지 못했다는 말이다. 시루에 먼지가 쌓이고
  가마솥 물에 물고기가 생긴다는 뜻의 증진부어(甑塵釜魚)라
  는 성어에서 나왔다.
* 종교(從敎): 마음대로 하게 하다. 맡기다.
* 진장아(儘場兒): 마침내, 결국.
* 발담과(發淡科): 무료함을 달래기 위해 익살을 부려 웃음을
  자아낸다는 뜻이다.

* 담(淡): 무료하다.
* 과(科): 원곡 용어로서 배우들의 동작을 말한다.

　이 소령은 집안에는 먹을 것 하나 없을 정도로 생활이 가난하지만, 무슨 일을 꾸미려고 하지도 않고 친구와 함께 시주를 즐기며 노는 모습을 노래했다. 집안에 재물이 없으니 굳이 문을 닫아둘 필요도 없다. 항상 열려있는 문은 언제든지 외부 경물과 소통이 가능하다는 말이며 그 누구도 거부하지 않고 받아들인다는 자유롭고 호탕한 의미가 내재되어 있다. 어떻게 보면 작자는 이제 만사를 잊고 세월의 흐름에 몸과 마음을 완전히 맡긴 채 자연에 동화되어 여생을 즐기는 단계에 이르렀다고 볼 수 있겠다.

쌍조 섬궁곡

세상 한탄 2수
嘆世

제1수

나는 반평생을 헛되이 보냈다.
죽림 속의 쓸만한 정자,
이 작은 집에서 너울너울 춤추네.
연못이 있어,
술 깼을 때는 피리 불고,
술 취했을 때는 노래 부르노라.
엄자릉은 이런 나를 당연히 비웃겠지,
맹광이 올리는 상을 배우고 싶구나.
비웃으면 어떤가?
널따란 강호에서,
풍파도 피할 수 있는데.

一

　東籬半世蹉跎, 竹裏遊亭, 小宇婆娑. 有箇池塘, 醒時漁笛, 醉後漁歌. 嚴子陵他應笑我, 孟光臺我待學他. 笑我如何? 倒大江湖, 也避風波.

* 쌍조(雙調) : 궁조의 이름으로 『태화정음보』에서는 "쌍조는
  민첩하면서도 격렬하게 노래한다.(雙調唱健捷激梟)"라고 하
  였다.
* 섬궁곡(蟾宮曲) : [쌍조]에 속하는 곡패의 이름으로 <추풍제
  일지(秋風第一枝)> · <천향인(天香引)> · <절계령(折桂
  令)> · <광한추(廣漢秋)> · <절계회(折桂回)> · <보섬궁(步蟾
  宮)> · <섬궁인(蟾宮引)> 등의 이름이 있다. 단독으로 사용
  되는 것 외에도 <수선자>와 결합하여 대과곡으로 사용된다.
  구의 형식은 '6 · 4 · 4, 4 · 4, 7 · 7, 4 · 4 · 4'로 모두
  11구 7운이다.
* 동리(東籬) : 마치원의 호. 여기서는 작자 자신을 지칭한다.
* 엄자릉(嚴子陵) : 후한 광무제 때의 사람으로 이름은 엄광
  (嚴光), 자가 자릉이다. 광무제와 함께 동문수학을 하였으나
  광무제가 즉위한 후에는 곧바로 부춘산(富春山)에 은거하여
  벼슬을 내려도 받지 않고 낚시와 농사로써 일생을 마쳤다.
* 맹광(孟光) : 후한 양홍(梁鴻)의 아내이다. 양홍과 맹광은 모
  두 함께 은거하였는데 후에 양홍이 남의 집에 고용되어 쌀
  찧는 절구질을 하게 되었어도 그녀는 그에게 음식을 차릴
  때 항상 밥상을 눈썹까지 들어 올려 공손히 바쳤다. 이를 거
  안제미(擧案齊眉)라 한다.

이 곡에서는 작자 자신이 반평생을 명리를 추구하며 세상 사람들과 섞여 지냈으나, 바로 그것이 부질없는 일이라는 것을 간파하고는 산림에 은거하여 세태의 험난함과 풍파를 피한 유쾌한 심정을 노래하였다. 여기에는 강호의 풍파를 피하여 죽림 속의 정자에서 술 마시며 피리를 불고 노래를 부르며 양홍과 맹광처럼 평범하면서도 행복한 생활을 하려는 정서가 흐르고 있다.

그러나 작자는 이 곡의 제목을 세상 한탄(嘆世)이라 하고 서두에서는 자신의 지난 생활에 대한 탄식을 토로하였고, 말미에서는 자신이 은거한 목적이 엄자릉과 같이 고결한 마음으로 세상사를 초월하기 위한 것이 아니라, 단순히 세상 풍파를 피하기 위한 것이었음을 말하고 있어, 작품의 내면에는 현실에 뜻을 얻지 못한 작자의 처량한 심정이 은근히 내재되어 있다.

제2수

함양은 두 명이 백 명을 당할 수 있는 산하,
공명이란 두 글자 때문에,
얼마나 전쟁을 치렀던가.
항우는 동오에서 패하여 죽고,
유방은 서촉에서 흥하였으니,
모든 것은 남가일몽.
한신의 공로도 이러한 죽음으로 끝났으니,
괴통의 말이 어찌 미치광이의 소리이리오.
성공도 소하 때문,
실패도 소하 때문,
취하자 세상이 그러하거늘.

二

咸陽百二山河, 兩字功名, 幾陣幹戈. 項廢東吳, 劉興西蜀, 夢說
南柯. 韓信功兀的般證果, 蒯通言那裏是風魔. 成也蕭何, 敗也蕭
何, 醉了由他.

* 함양(咸陽): 지금의 섬서성 함양으로 서안(西安)에서 가까
  운 거리에 있다. 이곳은 산하가 험난한 천혜의 요새라서 두
  명만 지키고 있어도 능히 백 명을 막아낼 수 있다.
* 항폐동오(項廢東吳): 항(項)은 서초패왕 항우를 가리킨다.

진나라 말기에 그는 유방과 천하를 다투었으나 마침내 실패
하여 오강(烏江, 안휘성 동부)에서 스스로 목을 베었다.

* 동오(東吳): 장강 하류의 안휘성 동부와 강소(江蘇) 일대를
가리킨다.

* 유흥서촉(劉興西蜀): 유(劉)는 한나라를 건국한 고조 유방
을 가리킨다. 항우와 벌인 초한전쟁에서 그는 일찍이 섬서성
서남부와 사천성 일대에 물러나 살고 있다가 후에는 결국
항우를 격파하고 천하를 통일하였다.

* 서촉(西蜀): 섬서성 남쪽과 사천성 일대를 포함한 지역이다.

* 한신(韓信): 한나라 회음(淮陰) 사람이다. 처음에는 항우의
휘하에 있다가 나중에 유방의 막사로 들어갔다. 소하(蕭何)
가 그를 유방에게 극력 추천하여 유방이 그를 대장군에 임
명하니 그는 여러 번 큰 공을 세워 마침내 유방을 도와 항
우를 격파하고 천하를 평정하였다. 후에 여태후에 의해 모반
죄로 붙잡혀 토사구팽 당하였다.

* 괴통(蒯通): 초한전쟁 때의 변사로서 일찍이 한신의 관상을
보고 유방을 배반하고 자립하라 하였으나 한신은 그의 말을
듣지 않아 결국 죽게 되었다.

이 소령은 예로부터 지금까지 부귀공명은 일장춘몽과 같으
니, 술에나 실컷 취하여 모두 잊어버리는 게 제일 좋다는 내용
이다. 여기에서 작자는 고대의 역사적 사실을 들어 간접적으로
현실을 풍자하고 탄식하였다. 천하의 요새이자 도성인 함양을
차지하여 공명을 이루기 위한 항우와 유방의 싸움으로 항우는

패하여 죽고 유방은 천하통일의 위업을 달성하였다. 이때 처음에 항우를 따랐다가 소하의 천거로 유방의 막료가 되어 천하통일에 일등공신이 된 한신은 결국 유방을 배반하고 자립하라는 변사 괴통의 충고를 듣지 않아 결국 토사구팽을 당하게 된다. 여기서는 이러한 일련의 역사적 사실로써 왕후장상의 흥망성쇠를 노래하고, 부귀공명에 관여하기 보다는 술에 취해 만사를 잊어버리자고 말하고 있다. 이것은 과거를 통한 현실의 반영으로 작자가 당시 현실의 어두운 정치국면 속에서 통치계급의 권력쟁탈에 대한 부정을 암암리에 표출한 것으로 보인다.

쌍조 경동원

세상 한탄 6수

제1수

산을 뽑아버릴 힘
솥을 들어 올릴 위세,
으으윽 질타에 천명이 죽었네.
음릉산 북쪽에서 길을 잃었다가,
오강 서쪽에서 자결하였으니,
끝이로다 비단옷 입고 고향으로 돌아갈 꿈.
취했다가 깨어나고,
깨었다가 취하는 것만 못하구나.

一

拔山力, 擧鼎威, 暗鳴叱咤千人廢. 陰陵道北, 烏江岸西, 休了衣
錦東歸, 不如醉還醒, 醒而醉.

* 경동원(慶東原): [쌍조]에 속하는 곡패의 이름이다. 형식은
  '3·3·7, 4·4·4, 5·5'로 모두 8구 6운이다. 1구와

7구에는 압운을 하지 않는다. 이 곡은 주로 호방한 정서를 서사하는 데 쓰인다.

* 발산력(拔山力): 항우는 「해하가(垓下歌)」에서 스스로를 일러 "힘은 산을 뽑을 만하고, 기개를 세상을 뒤덮을만하다. (力拔山, 氣蓋世)"라고 노래하였다.

* 음릉(陰陵): 안휘성 화현(和縣)에 있는 산의 이름. 북으로는 강포현(江浦縣)과 접경을 이루고 있는데 바로 항우가 길을 잃었던 곳이다.

해하(垓下)의 전투에서 항우는 유방에게 패하여 동쪽으로 도주하여 장강 연안의 오강(烏江)으로 향했다. 그곳에서 다시 장강을 건너 동쪽으로 달아날 생각이었으나 그는 강동 땅이 자기가 처음 8천명의 장정들을 이끌고 군대를 일으킨 곳이었기에 그 8천명이 다 죽고 혼자 남은 자신의 모습을 그곳 고향 사람들에게 보일 수 없었다. 이에 결국 강을 건너지 않고 그곳에서 유방의 군대와 대적하다가 자결하였다.

이 소령에서는 초한전에서 유방에게 패하고 죽음으로 끝난 항우의 그러한 비극적인 운명을 노래하고, 아무리 뛰어난 재주를 지닌 영웅호걸이라 할지라도 결국은 비참한 최후를 맞이하는 법이니, 출세하여 금의환향(錦衣還鄕) 할 생각일랑 일찌감치 접어두고 술에 취해 만사를 잊는 게 제일 좋다고 하였다.

제2수

밝은 달빛은 깃발을 한가롭게 하고,
가을바람은 북소리를 도왔다.
휘장 앞에 떨어지는 영웅의 눈물,
초나라 노래가 사방에서 일어나네.
오추마는 제멋대로 울고,
우미인이여,
취했다가 깨어나고,
깨었다가 취하는 것만 못하구나.

二

明月閑旌旆, 秋風助鼓鼙, 帳前滴盡英雄淚. 楚歌四起, 烏騅漫
嘶, 虞美人兮, 不如醉還醒, 醒而醉.

* 초가사기(楚歌四起): 초나라 노래가 사방에서 일어난다는
  말은 바로 사면초가(四面楚歌)를 가리킨다.
* 오추(烏騅): 오추마를 가리킨다. 검은 털에 흰 털이 섞인 말
  로 옛날 초패왕 항우가 탔다는 준마이다.
* 우미인(虞美人): 항우의 애첩인 우희(虞姬)이다. 해하의 전
  투에서 패한 항우가 「해하가」에서, "우희여 우희여 너를 어
  찌할까(虞兮虞兮奈若何)"라고 탄식하자, 우희는 화답시를
  지어 "한나라 군대가 천하를 빼앗아, 사방이 초나라 노래로

다. 대왕의 뜻과 기운 다했으니, 천첩은 살아 무엇 하리까!
(漢兵北略地, 四面楚歌聲. 大王意氣盡, 賤妾何聊生)"라고
노래하고는 스스로 목을 베어 죽었다.

이 소령 역시 초한전쟁에서 패한 항우와 우미인의 슬픈 이야
기이다. 초나라와 한나라가 휴전을 한 지 두 달이 채 못 되어,
유방은 한신으로 하여금 팽월·영포의 군대와 힘을 합쳐 항우
를 추격하게 하여 마침내 사면초가의 형세를 구축하였다. 항우
는 아무리 포위망을 뚫으려고 해도 도저히 뚫을 수 없었다. 게
다가 자정이 되자 불어오는 서풍에 구슬픈 노랫소리가 들려왔
다. 이 노랫소리를 들은 항우는 사방에서 들려오는 초나라 노
래에 유방이 초나라를 점령하였다고 착각하고 마지막 결단을
내린다. 이에 항우의 운명이 다한 걸 안 우희는 죽음으로 사랑
을 바치고 항우는 포위망을 탈출하지만 끝내는 오강까지 도망
가서 그 역시 비정한 죽음으로 일생을 마치게 된다. 이러한 일
련의 역사적 사실에서 영웅호걸의 왕도패업이 부질없는 것임을
작자는 깨닫고 술로써 현실을 일탈하고자 하였다.

제3수

삼고초려 하여 물으니,
뛰어난 재주 천하가 알았구나.
당시에 제갈량이 무슨 계책을 세웠는지 비웃노라.
출병하였다가 돌아오지 못하고,
혜성이 땅에 떨어졌으니,
촉나라는 온통 슬픔에 잠겼어라.
취했다가 깨어나고,
깨었다가 취하는 것만 못하구나.

三

三顧茅廬問, 高才天下知, 笑當時諸葛成何計. 出師未回, 長星墜地, 蜀國空悲, 不如醉還醒, 醒而醉.

* 삼고모려(三顧茅廬): 삼고초려(三顧草廬)와 같은 말이다. 유비(劉備)가 제갈공명을 세 번이나 찾아가 군사(軍師)로 초빙한 데서 유래하였다.
* 장성(長星): 혜성을 말한다. 긴 꼬리를 끌고 해의 둘레를 긴 타원형이나 포물선을 그리며 운동하는 별이다. 여러 해를 두고 한 번씩 나타나는 데, 옛날에는 요성(妖星)이라 하여 이 별이 나타나는 것을 언짢게 생각했다.

이 소령에서는 삼국지를 화려하게 수놓은 인물 제갈량에 대
한 이야기를 노래하여 만사가 허망하다는 탄식의 소리를 발출
하였다. 제갈량이 유비의 삼고초려로 세상에 나아가서 천하삼
분지계(天下三分之計)로 혁혁한 공을 세우고, 또 「출사표(出師
表)」를 올려 정벌전쟁에 나섰지만, 결국은 뜻을 이루지 못하고
오장원에서 싸늘한 시신이 되어 돌아왔다. 여기서는 먼저 삼고
초려 고사를 빌려 제갈량의 뛰어난 지략을 묘사한 다음, 마지
막에서는 그가 천하통일의 대업을 달성하기 위해 출병하였으나
끝내는 뜻을 이루지 못하고 먼저 죽었음을 탄식하고, 이로 인
하여 공명(功名)을 추구하는 일이 너무도 허망하니, 이 또한
술에 취해 잊어버리는 것이 최선이라고 했다.

제4수

재주와 지혜를 자랑하던,
조맹덕이여,
향을 나눠주고 신발을 팔아라고 누누이 분부했네.
간웅은 어디에 있는가?
평생을 얻은 결과,
오직 서쪽 정벌 뿐,
취했다가 깨어나고,
깨었다가 취하는 것만 못하구나.

四

誇才智, 曹孟德, 分香賣履純狐媚. 奸雄那裏? 平生落的, 只兩字
征西. 不如醉還醒, 醒而醉.

* 조맹덕(曹孟德): 맹덕(孟德)은 삼국시대의 정치가 조조(曹
  操)의 자이다. 조조는 패국(沛國) 초현 사람으로, 다른 이름
  은 길리(吉利), 아이 때 이름은 아만(阿瞞)이다. 본성은 하
  후(夏侯)씨로 동한(후한) 환제 때 태위를 지낸 조숭의 아들
  이다.
* 분향매리(分香賣履): 조조가 죽기 전에 가족들에게 남긴 유
  언으로서 육기의 「조위무제문병서(弔魏武帝文幷序)」(『문선
  (文選)』 권60)에 나오는 말이다. 이에 따르면 조조는 죽기

전에 "남은 향은 여러 부인들에게 나누어주고. 여러 첩들은 할일이 없을 테니 신을 삼아 파는 것을 배우게 하라.(餘香可 分於諸夫人, 諸舍中無所爲, 學作履組賣也.)"라고 유언을 남 겼다고 한다. 나중에 분향매리는 임종 시에 처첩을 걱정하며 잊지 못한다는 뜻으로 사용되었다.

이 소령에서는 조조가 죽기 전에 내린 분향매리(分香賣履)의 전고를 노래하였다. 이 전고는 사람이 죽을 때도 재물과 아내 를 아까워하여 누누이 사후의 일을 분부하는 것을 가리킨다. 이것은 조조 같은 뛰어난 재주와 지략을 가진 인물도 죽은 뒤 의 일은 돌볼 수 없었는데 그보다 훨씬 못한 보통 사람들은 말 할 나위도 없다는 것이다. 여기에는 인생은 짧으니 제때에 즐 거움을 누려야 한다는 사상이 깃들어 있다.

제5수

계책을 세운 장량,
타루비(墮淚碑)의 양호,
두 현자의 재덕을 누가 짝하리오.
한 사람은 한(漢)나라 기초를 힘써 도우고,
한 사람은 진(晋)나라 황실을 확장했네.
애석하게도 모두 수명이 마음과 달랐으니,
취했다가 깨어나고,
깨었다가 취하는 것만 못하구나.

五

畵籌計, 墮淚碑, 兩賢才德誰相配. 一箇力扶漢基, 一箇恢張晋室, 可惜都壽與心違, 不如醉還醒, 醒而醉.

* 장량(張良): 전한 패군(沛郡) 성보(城父) 사람으로 자는 자
  방(子房)이고, 시호는 문성(文成)이다. 자객을 시켜 진시황
  을 암살하려 했다가 실패하고 하비(下邳) 땅에 숨어살다가
  흙다리 위에서 황석공(黃石公)이란 노인을 만나 태공망(太
  公望)의 병서를 전수받았다. 그 후 유방의 책사가 되어 소
  하·한신과 함께 한나라 건국의 일등공신이 된 인물이다. 뜻
  을 이룬 뒤에는 속세를 벗어나 신선술을 익히며 여생을 보

냈다고 한다.

* 타루비(墮淚碑): 호북성 양양(襄陽) 연산(峴山)에 있는 비
  석이다. 『진서(晉書)』 「양호전(羊祜傳)」에 의하면, 양양의
  백성들이 명장 양호를 추모하기 위해 비석과 사당을 세우
  매년 제사를 올렸는데 그 비석을 보는 사람들은 눈물을 흘
  리지 않는 사람이 없어서 그 이름을 타루비라고 하였다고
  한다.

　한나라 건국의 일등공신인 장량(張良)은 막사 안에서 천리
밖의 승리를 꾀할 수 있는 뛰어난 지략을 가졌기 때문에 작자
는 서두에서 먼저 장량의 공적을 일컬은 다음, 타루비(墮淚碑)
고사를 들어 진(晉)나라 명장 양호(羊祜)를 언급하였다. 작자
는 여기에서 장량과 양호의 현덕이 제아무리 뛰어났다 하더라
도 그들도 결국 뜻대로 살지 못하고 죽었으니 공명을 이룬들
아무런 소용이 없다고 탄식하였다. 그래서 그는 술을 빌어 이
모든 허망한 일들을 잊고 현실을 벗어나고자 하였다.

제6수

산호수,
높이가 수 척,
진기함이 누구의 집에 알맞을까?
내 것이라 생각하더라도,
재물이 많으면 해롭다는 걸 어찌 모르는가?
형장에 가서야 비로소 알겠지.
취했다가 깨어나고,
깨었다가 취하는 것만 못하구나.

六

珊瑚樹, 高數尺, 珍奇合在誰家內. 便認做我的, 豈不知財多害
已, 直到東市方知. 則不如醉還醒, 醒而醉.

* 산호수(珊瑚樹): 나뭇가지 모양으로 생긴 산호를 말한다. 산
  호는 자포동물문 산호충강의 산호류를 통틀어 이르는 말로
  깊이 100－300미터의 바다 밑에 많은 산호충이 모여 높이
  50cm 정도의 나뭇가지 모양의 군체를 이룬다. 개체가 죽으
  면 골격만 남는다. 골격은 바깥쪽은 무르고 속은 단단한 석
  회질로 되어 있어 속을 가공하여 장식물을 만드는데, 예로부
  터 칠보의 하나로 여겨 왔다.
* 동시(東市): 한나라 때 장안에서 죄인의 사형을 집행하던

장소를 동시라 하였는데, 후에는 이로써 형장을 뜻하는 말로
사용하였다. 물론 단순히 동쪽에 있는 시장이라는 뜻도 있
다.

　이 곡에서는 재물을 많이 모아도 아무런 이득이 없을 뿐 아
니라 도리어 자신을 해치는 독약이 될 수 있으니 형장에 끌려
간 후에는 후회해도 이미 때가 늦다는 것을 말하였다. 즉 부당
한 재물을 탐하는 부패한 사회상을 반영하고 있다. 이러한 작
자는 부의 상징으로서 소유욕의 대상인 재화의 축적을 자기 파
멸로 통하는 악의 근원으로 파악하고 술이라는 매개체를 통해
이를 초월하는 태도를 보여주고 있다.

쌍조 청강인

전원생활의 즐거움 8수
野興

제1수

나무꾼이 잠에서 깨니 산위로 달은 져버렸고,
낚시하는 늙은이가 이곳을 찾아오네.
너는 도끼를 버리고,
나는 배를 버리고,
편안한 곳 찾아 한거하노라.

一

樵夫覺來山月底, 釣叟來尋覓. 你把柴斧抛, 我把魚船棄. 尋取箇
穩便處閑坐地.

* 청강인(淸江引): [쌍조]에 속하는 곡패의 이름으로 <강아수
(江兒水)>라고도 한다. 형식은 '7·5, 5·5·7'로 5구 4
운이다. 제3구에는 압운을 하지 않고 3·4구는 대구를 이루
어야 한다.

　이 소령은 어부와 나무꾼의 생활을 쓴 것으로 담박하고 안일한 정취가 돋보인다. 어부와 나무꾼이 산야에서 만나 그들의 생계 도구인 배와 도끼를 버리고 서로 의기투합하여 청담(淸淡)을 즐기니 이는 가히 선경이라 할 수 있다.

제2수

녹색 도롱이와 자주색 비단도포 어느 것이 주가 될까?
둘 다 모두가 좋을 게 없다네.
낚시꾼이 된다 해도,
여전히 풍파 속에 있으니,
편안한 곳 찾아 한거하는 것만 못하리라.

二
　綠蓑衣紫羅袍誰是主, 兩件兒都無濟. 便作釣魚人, 也在風波裏.
則不如尋箇穩便處閑坐地.

* 녹사의(綠蓑衣): 짚이나 풀을 엮어서 만든 녹색 도롱이를
   말한다. 일반적으로는 농민이나 어부들이 주로 비올 때 입던
   옷이다.
* 자라포(紫羅袍): 자주색 비단으로 만든 관복이다. 당나라 때
   는 5품 이상의 고위 관원들이 주로 입었다.

　이 소령의 전반부에서는 녹색 도롱이와 자주색 비단도포를
대비시켜 현실에서 뜻을 얻지 못하고 잠시 강호로 물러나 낚시
하면서 때를 기다리는 사람과 공명을 성취한 관리 중 둘 다 자

기에게 이득이 없다는 것을 말하였다. 후반부에서는 그래도 낚시꾼이 되는 것이 관리보다 낫겠으나, 이 역시 여전히 풍파 속에 있게 되니 가장 좋은 것은 은자가 되어 편안하게 한거하는 것이라고 노래하였다. 여기서는 세속의 시비를 멀리하여 산림에 은거하면서 만년을 조용히 보내고 싶은 작자의 소망을 반영하고 있다. "낚시꾼이 되어도, 여전히 풍파 속에 있다."라는 말은 원왕조 이민족 통치자들의 한족에 대한 잔혹한 통치를 설명해주고 있다. 세상과 다투지 않는 어부도 환난을 피할 수 없는 처지이니 당시 전제통치의 포악함이 어느 정도인지 짐작하고도 남음이 있다.

제3수

산새 새벽이 되어 창밖에서 지저귀니,
산속 노인의 잠을 불러 깨우네.
마침 불여귀(不如歸)라 말하고,
행부득(行不得)이라 말하네.
편안한 곳 찾아 한거하는 것만 못하리라.

三

　山禽曉來窓外啼, 喚起山翁睡. 恰道不如歸, 又叫行不得. 則不如
尋箇穩便處閑坐地.

* 불여귀(不如歸): 옛날 중국 사람들은 두견새의 울음소리가
  마치 불여귀라고 하는 것 같다고 생각하였다. 그래서 불여귀
  는 두견새를 뜻하기도 하고, 그 소리의 뜻은 불여귀거(不如
  歸去)라고 하여 돌아가는 것이 좋다는 말이다.
* 행부득(行不得): 옛날 중국 사람들은 자고새(즉 뜸부기)의
  울음소리가 마치 행부득이라고 하는 것 같다고 생각하였다.
  그 소리의 뜻은 떠나갈 수 없다는 말이다.

이 소령의 주제도 편안한 곳을 찾아 한거하겠다는 것이다.

전반부에서는 이른 새벽 창밖에 새소리가 산속에 사는 노인, 즉 작자 자신을 잠에서 깨운다는 것을 말하고 있다. 이는 마치 한 폭의 그림처럼 순박하고 자연스럽다. 후반부는 새소리가 마치 작자를 집으로 돌아가라고 권하는 듯하고, 또 갈 수 없으면 돌아가지 말고 산촌에서 생활하는 것이 좋다고 말하는 듯하다. 여기에서 작자는 의인법을 사용하여 경물에 자신의 감정을 기탁하였다. 잔혹한 이민족의 통치 아래에서는 어떠한 희망도 찾기 어려우니 산속으로 피신하여 조용히 은거하는 것이야 말로 난세에 목숨을 부지하는 가장 좋은 방법이라는 것이다.

제4수

후한 녹봉을 누가 아니 좋아하리.
오직 말하노라 유령은 늘 취해있었고,
필탁은 술독 옆에서 결박되었으며,
이태백은 강물에 빠져 죽었다고.
편안한 곳 찾아 한거하는 것만 못하리라.

四

　天之美祿誰不喜, 偏則說劉伶醉, 畢卓縛甕邊, 李白沉江底. 則不
如尋箇穩便處閑坐地.

* 유령(劉伶): 서진 패국(沛國) 사람으로 자는 백륜(伯倫)이
  다. 위나라 말에 건위장군(建威將軍)을 지냈다. 거침없이 마
  음대로 행동하면서 항상 우주가 비좁다고 여겼으며, 가산에
  대해서도 전혀 신경을 쓰지 않았다. 죽림칠현의 한사람으로
  술을 좋아해서 「주덕송(酒德頌)」을 지어 예법에 얽매인 인
  사들을 조롱했다.
* 필탁(畢卓): 동진 신채(新蔡) 동양(鮦陽) 사람으로 자는 무
  세(茂世)이다. 원제 태흥(太興) 말에 이부랑(吏部郎)이 되었
  다가 너무 술을 즐겨 직분을 돌보지 않았는데, 사랑(舍郎)에
  술이 익으면 훔쳐 마시다가 관원에게 붙잡히기도 하였다. 난
  을 피해 남쪽으로 내려가 온교(溫嶠)의 평남장사(平南長史)

가 되었다. 사곤(謝鯤) · 완방(阮放) 등과 머리를 풀어 헤치
고 옷통을 벗은 채 문을 걸어 잠그고 며칠 내리 술을 마셨
다고 한다.
* 이백(李白): 시선 이태백이다. 호는 청련거사(靑蓮居士) · 취
선옹(醉仙翁)이다. 일설에는 그가 채석강에서 뱃놀이하며 술
이 취해 물속의 달을 잡으러 뛰어들었다가 죽었다는 이야기
가 전해지고 있다.

이 소령에서는 유령 · 필탁 · 이태백의 고사를 빌려, 높은 권
세와 많은 재물을 취하다 보면 위태로운 일을 벗어나기 어려우
니 안전을 위해서는 그것을 멀리해야 한다는 점을 강조하고 있
다. 그런데 유령과 필탁 · 이태백은 모두 세상사에 구속받지 않
은 호방한 성격의 인물들로서 권세와 재물이 신상에 해롭다는
것을 깨닫고 한잔 술에 만사를 잊어버렸지만, 결국 그들의 말
로도 그다지 좋지 못하고 비참한 죽음으로 끝났으니, 역시 그
보다 더 좋은 건 조용한 산림에 은거하여 보내는 유유자적한
삶이라는 것이다.

제5수

초패왕이 진나라 궁실을 불태운 것은,
세상을 뒤엎을 영웅의 기개로다.
그러나 음릉산에서 길을 잃었을 때,
오강을 배로 건너려 했을 때,
편안한 곳 찾아 한거하는 것만 못하리라.

五

楚霸王火燒了秦宮室, 蓋世英雄氣. 陰陵迷路時, 船渡烏江際. 則
不如尋箇隱便箇閑坐地.

* 초패왕(楚霸王): 항우를 말한다. 항우는 진나라 도성 함양
  (咸陽)으로 진격하여 마침내 아방궁을 불태우고 그 기세를
  천하에 드날렸다. 항우가 함양을 무너뜨리고 궁궐을 불태운
  것은 대단한 용기임을 천명하였다.
* 유방군의 추격에 도망가던 항우는 음릉산에 이르러 농사꾼
  에게 속아서 길을 잃고 큰 연못 속에 빠졌다. 그리고 또 사
  면초가의 포위망을 뚫고 오강가에 이르렀을 때는 오강을 빨
  리 건너라는 정장(亭長)의 말을 외면하고 그에게 오추마만
  보내주고 다시 유방군의 한기(韓琦)와 육박전을 벌이다가
  결국 스스로 목숨을 끊었다.

　이 소령에서는 먼저 항우가 진시황의 폭정으로 피폐해진 나라를 바로잡기 위해 군대를 일으켜 함양으로 진격하여 진나라 궁궐을 불태우고 진나라의 통치를 무너뜨려 영웅의 기개를 드날렸다는 것을 이야기하였다. 후반부에서는 그랬던 그도 결국은 유방의 추격과 포위망에 걸려 음릉산에 길을 잃는 낭패를 당하고 마침내 오강 가에서 비극적인 죽음을 맞이하였으니, 조용히 피하여 은거하는 것이 최선책임을 강조하고 있다.

　이상의 「세상 한탄」 두 번째 곡부터 다섯 번째 곡까지 작자는 은거의 타당성, 은거하지 않을 때의 위험함, 은거한 후의 안온함을 강력하게 역설하였다. 특히 이 4수의 마지막 구에서는 마치 후렴구처럼 중첩 형식을 사용하여, "편안한 곳 찾아 한거하는 것만 못하리라.(則不如尋箇隱便箇閑坐地)"라고 반복함으로써 귀은(歸隱)의 합리성을 강조하고 주제를 부각시켰다.

제6수

깊은 산속 은거처에 누가 찾아오겠는가?
손님이라면 불어오는 맑은 바람.
산속의 재상이 되어서,
인간사에 관계하지 않으리라.
종이 반장에 불과한 명리를 다툰들 무엇 하랴!

六

林泉隱居誰到此, 有客清風至. 會作山中相, 不管人間事. 爭甚麼
半張名利紙.

* 임천(林泉): 수목이 울창하고 샘물이 흐르는 산중 또는 정
  원을 말한다. 세상을 피하여 은둔하기에 알맞은 곳이다.
* 산중상(山中相): 산중의 재상이란 뜻으로 양나라 도굉경(陶
  宏景)의 고사이다. 그는 구곡산(句曲山)에 은거하여 예로써
  초빙해도 나아가지 않았다. 무제 때 나라에 대사가 있으면
  항상 그에게 가서 가르침을 청하였기 때문에 당시에 그를
  산중재상이라 일컬었다.

산중재상은 원래 정치적 영향력이 큰 은자를 가리키는 말이

다. 일단 산속에 은거하여 유유자적한 삶으로 황제의 존경을
받았으니 이는 사람들이 매우 흠모하는 지위가 되었다. 그러나
후래에는 관직을 버리고 은거한 사람을 광범위하게 가리키는
말로도 사용되었다. 이 곡에서 산중재상은 은자를 광범위하게
지칭하는 말로서, 작자는 종이 반장도 안 되는 명리를 다투는
데 정열을 쏟지 말고 산속에 은거하여 세상사에서 벗어나기를
권하고 있다. 원나라 때 속담에 "공명이란 종이 반장에 불과하
다.(功名紙半張)"라는 말이 있어서 작자는 여기에서 이를 차
용하여 통속성과 평이성이라는 곡의 특징을 십분 활용하였다.

제7수

서촌에 해는 길고 일거리는 적은데,
매미 한 마리 시끄럽게 운다.
마침 해바라기 피려하고,
아침 벌 왱왱거릴 때,
베개 높이 베고 꿈속에 나비 따라 가노라.

七

西村日長人事少, 一箇新蟬噪. 恰待葵花開, 又早蜂兒鬧, 高枕上
夢隨蝶去了.

* 서촌(西村): 마치원이 만년에 은거한 곳이다. 서촌이 어딘지
  확실하게 밝혀져 있지는 않지만 마치원의 작품에 서호와 함
  께 자주 등장하는 것으로 보아 아마도 서호의 고산(孤山)이
  거나 서호와 관계있는 장소로 추측된다.
* 몽수접거(夢隨蝶去): 꿈속에 나비를 따라간다는 뜻으로『장
  자』「제물편」에 나오는 호접몽(胡蝶夢) 고사를 인용한 것이
  다. 호접춘몽(胡蝶春夢)·장주지몽(莊周之夢)이라고도 한다.

이 소령은 작자가 서촌에 은거생활을 하면서 지은 것으로 장

자의 호접몽 고사를 들어 꿈같은 현실, 현실 같은 꿈의 사이에 있는 오묘한 세상의 이치를 노래하였다.

장자는 말하였다. "언젠가 내가 꿈에 나비가 되었다. 훨훨 나는 나비였다. 내 스스로 아주 기분이 좋아 내가 사람이었다는 것을 모르고 있었다. 이윽고 잠을 깨니 틀림없는 인간 나였다. 도대체 인간인 내가 꿈에 나비가 된 것일까. 아니면 나비가 꿈에 이 인간인 나로 변해 있는 것일까. 인간 장자와 나비와는 분명코 구별이 있다. 이것이 이른바 만물의 변화인 물화(物化)라는 것이다." 장자는 또 하늘과 땅은 나와 같이 생기고, 만물은 나와 함께 하나가 되어 있다고도 말했다. 그러한 만물이 하나로 된 절대적 경지에 서 있게 되면, 인간인 장자가 곧 나비일 수 있고 나비가 곧 장자일 수도 있다. 꿈도 현실도 죽음도 삶도 구별이 없다. 우리가 눈으로 보고 생각으로 느끼고 하는 것은 한낱 만물의 변화에 불과하다는 것이다.

제8수

나는 본래 풍월을 좋아하는 사람,
만년에 정원의 풍치를 즐기노라.
조롱박 시렁 아래 베개 배고 누었다가,
수양버들 사이를 몇 번이나 오가네.
여기가 즐겁게 쉴 나의 집이로다.

八

東籬本是風月主, 晚節園林趣. 一枕葫蘆架, 幾行垂楊樹, 是搭兒
快活閑住處.

* 풍월주(風月主): 풍월(風月)은 풍류, 경치, 남녀 사이의 연
  애를 뜻하는 말로 사용된다. 주(主)는 주아(主兒)로서 인
  물·배역을 뜻하는 말이다.
* 시탑아(是搭兒): 이 곳이라는 말이다. 탑아(搭兒)는 답아(答
  兒)라고도 하며 장소를 뜻한다.

이 소령은 첫구의 풍월주(風月主)를 어떻게 이해하느냐에 따
라 다양한 해석이 가능하다. 풍월(風月)은 풍류나 경치, 남녀
사이의 사랑을 뜻하는 말로 사용되기 때문에 풍월주라고 하면,
풍류를 즐기는 사람, 자연풍경을 좋아하는 사람, 여자와 사랑을

나누는 사람 등으로 설명할 수 있다. 그는 시와 음악을 좋아하
고 서회(書會)에서 극작활동을 하였으며, 친구와 술과 여자를
가까이 하였으니 풍류를 즐기는 사람이라 해도 충분하고, 만년
에 은거하여 소상팔경을 비롯하여 자연풍경을 노래한 작품들을
많이 남겼으니 자연풍경을 좋아하는 사람이라 해도 된다.

마지막으로 그는 젊은 시절 기방 출입을 자주 하면서 무수한
염문을 뿌리고 다녔기에 한때 사랑에 빠진 사람 정도로 이해해
도 그의 특징이 잘 나타나 있다. 그가 투수 [대석조] <청행자>
「오미(悟迷)」에서 "기원은 쓸쓸하게 버려두고, 다시 밟지 않겠
다." 라고 한 것에서 그러한 사실을 확인할 수 있다. 어쨌든 그
는 젊은 시절 풍류를 즐기고 자연풍경을 좋아하며 남녀 사이의
염문도 뿌리고 다니다가 만년에 이르러 은거의 길을 택하여 전
원생활을 즐기게 되었으며, 이 곡에서는 그러한 만년의 즐거움
을 편안한 마음으로 노래하고 있다.

쌍조 발부단

(제목을 잃어버림) 15수
失題

제1수

구중궁궐에서,
이십년 동안,
용루(龍樓)와 봉각(鳳閣)을 모두 보았네.
푸른 물과 푸른 산은 여전히 그대론데,
옛날 왕씨와 사씨 집 앞 제비는,
다시 해당화 핀 정원으로 돌아가지 않는구나.

一

九重天, 二十年, 龍樓鳳閣都曾見. 綠水靑山任自然, 舊時王謝堂前燕, 再不復海棠庭院.

* 발부단(撥不斷): <속단현(續斷弦)>·<봉쌍조(鳳雙調)>라고
  도 한다. [쌍조]에 속하는 곡패로 그 형식은 '3·3·7,
  7·7·4(또는 7·7·7)', 6구 6운이다. 3·4구(또는

3·4·5구)에 대구를 하는 것이 가장 아름답다.

* 용루(龍樓): 궁중의 누각문 이름이다. 누각 위에 동종(銅鐘)
  이 있어서 붙여진 이름이다. 한나라 때는 태자의 궁전을 지
  칭하기도 하였다.

* 봉각(鳳閣): 당나라 때 중서성의 별칭이다.

* 왕사당연(王謝堂燕): 왕씨와 사씨 집 제비. 왕씨와 사씨는
  진(晋)나라 때의 왕탄지(王坦之)와 사안(謝安)의 집을 가리
  킨다. 이 두 집안은 대대로 조정에서 중임을 맡았으며 남조
  때까지도 계속 이어졌다. 이에 왕씨와 사씨는 권문세족을 지
  칭하는 대명사로 사용된다.

이 소령의 첫 구에서 작자는 일찍이 구중궁궐에 들어가 관리
생활을 했다고 말하였다. 마치원은 실제로 젊은 시절에 이십여
년 간을 명리를 쫓아 분주히 뛰어다녔다고 했는데 여기에서 그
가 황궁에서도 일정 기간 관리 생활을 했음을 알 수 있다. 그
런데 여기에서 작자는 당대 시인 유우석의 「오의항(烏衣巷)」
시에 나오는 "옛날 왕씨 사씨 집 앞 제비는, 지금은 보통 백성
들 집으로 날아드네.(舊時王謝堂前燕, 飛入尋常百姓家)"라는
구절을 차용하여 "옛날 왕씨 사씨 집 앞 제비는, 다시는 해당
화 핀 정원으로 돌아가지 않네."라고 노래하여, 육조시대 화려
했던 금릉 오의항의 거리가 이미 황폐해져 상전벽해의 감개를
느낀 유우석의 정을 기탁하였다. 옛날에 잘나갔던 권문세족도
세월의 변화 앞에서는 흔적 없이 사라지고 제비조차 날아들지
않는 곳이 되었으니 적막하고 쓸쓸하기가 이루 말할 데 없다.

제2수

가난한 유생들을 탄식하노라.
쓸데없이 독서한다고.
독서하면 승선교(昇仙校)에 적힌 뜻을 이루어야 하는데.
기둥에는 사마거(司馬車)를 타야한다고 적혔지만,
지금은 사마거를 타도 누가 「장문부」를 사겠는가?
장안이나 구경하고 돌아가련다.

二

嘆寒儒, 謾讀書, 讀書須索題橋柱. 題柱雖乘駟馬車, 乘車誰買長門賦. 且看了長安回去.

* 승선교(昇仙橋): 한나라 때 사마상여가 벼슬하러 장안으로
들어가면서 승선교를 지나가다가 다리기둥에 "네 필의 말이
끄는 높은 수레를 타지 않고서는 이 다리를 지나지 않으리
라.(不乘高車駟馬, 不過此橋)"라고 쓴 고사를 말한다.
* 장문부(長門賦): 효무제의 황후 진황후(陳皇後)가 황제의
사랑을 받지 못해 많은 시름에 잠기게 되었다. 이때 사마상
여가 천하에서 문장이 제일 뛰어나다는 말을 듣고 황금 백
근을 내려 황제의 환심을 다시 되돌릴 수 있는 부를 지어라
고 명하였다. 이에 사마상여가 「장문부」를 지어 바치니 이를
본 황제의 마음이 다시 진황후에게로 돌아갔다는 이야기가

전한다.

　이 소령은 봉건시대에 문인들의 눈앞에 놓인 두 가지 출로를 쓴 것이다. 하나는 사마상여와 같이 부(賦)를 배워서 황실 집안에 파는 것이고, 다른 하나는 평민 중에서 영웅인물을 물색하여 그를 보좌하여 왕도패업을 도모하는 것이다. 원대에는 오랫동안 과거제도를 폐지하였기 때문에 첫 번째 길은 갈수 없고, 두 번째 길은 위험 부담이 너무 크므로 행동으로 쉽게 옮길 수 없는 일이다. 이에 결국 퇴은(退隱)이란 세 번째 길을 택할 수밖에 없다. 여기에는 당시의 침울했던 현실이 반영되어 있을 뿐만 아니라 작자의 소극적인 사상도 함께 표출되어 있다.

제3수

길가의 비석,
누구 건지 모르겠지만,
봄 이끼 가득하고 제지내는 이도 없네.
필탁은 생전에 술 한 잔,
조조는 사후에 무덤 세 개,
취하고 또 취하는 것만 못하네.

三

　路旁碑, 不知誰, 春苔綠滿無人祭. 畢卓生前酒一杯, 曹公身後墳
三尺, 不如醉了還醉.

* 필탁(畢卓): 앞의 '필탁' 관련 고사 참고.
* 조조는 죽은 뒤에 자기 무덤이 도굴되는 것을 방지하기 위
　해 가묘를 여러 개 써두었다는 것을 말한다.

　이 소령에서는 필탁과 조조의 고사를 대비시켜 죽은 뒤의 허
명이 생전의 술잔만 못하다는 것을 설명하고 있다. 즉 살아있
을 때 온갖 부귀영화를 다 누려 공덕비를 세워두었지만, 세월

이 오래 지난 뒤에는 그 비석이 누구 건지도 모를 정도가 되었
으며, 비석에 이끼가 가득하여 제사지내거나 관리하는 사람조
차 없다. 살아서 부귀영화가 무슨 소용 있으며 더욱이 그것을
돌에 새겨놓아본들 누가 알아주기나 하겠는가. 조조처럼 죽어
서도 명예를 잃지 않기 위해 무덤까지 가짜로 만들어 놓기 보
다는 차라리 필탁처럼 자유분방하게 마음껏 세상을 즐기다가
생을 마감해는 것이 더 낫다는 의미가 내포되어 있다.

제4수

이별을 원망하고,
이별을 한탄하니,
그대는 한탄할 줄 알면서 이러지 말라.
세월은 틈새를 지나가는 망아지처럼 빠르고,
흰머리는 버들개지처럼 하얗게 변했네.
하루에 한 번씩 위성객사에 있구나.

四

怨離別, 恨離別, 君知君恨君休惹. 紅日如奔過隙駒, 白頭漸滿楊
花雪, 一日一箇渭城客舍.

* 극구(隙駒): 망아지가 벽의 틈을 지난다는 뜻으로 세월이
  빨리 지나 인생이 덧없음을 비유한 말이다.
* 위성(渭城): 위성은 지금의 섬서성 경내에 있다. 당나라 때
  사람들이 송별하던 곳으로 유명하다.

이 소령은 이별의 정서를 노래한 것이다. 당나라 시인 왕유
는 「송원이사지안서(送元二使之安西)」 시에서, "위성의 아침
비 먼지 촉촉이 적시어, 객사의 푸른 버들 그 빛 더욱 새로워

라. 그대에게 한 잔 술을 다시 권하나니, 서쪽 양관으로 나가면
친한 벗 없으리라(渭城朝雨浥輕塵, 客舍靑靑柳色新, 勸君更進一
杯酒, 西出陽關無故人)"라고 하여 위성은 이별의 대명사가 되
었다.

　위성은 장안에서 서쪽으로 통하는 관문이기 때문에 당나라
때도 국경이 서쪽으로 확대되면서 위성에서 이별하는 경우가
많았지만, 이 곡의 마지막 구를 통해서 원나라 때는 국경이 동
유럽까지 더욱 확장됨으로써 위성에서의 이별도 훨씬 많아졌다
는 것을 알 수 있다. 이때의 이별은 이민족 치하에서 생계가
불안하여 유랑민이 늘어나고 일자리를 찾기 위해 분주하게 다
녀야 한다는 것을 반영하고 있다.

제5수

맹호연은,
시흥이 얼마나 광적이었던지.
추운 파릉교에서 나귀를 타고,
매화가 꿈속에 향기로 들어와도,
눈바람에 황금 휘장만 하겠으랴.
천천히 술 마시며 나지막이 노래 부르노라.

五

孟襄陽, 興何狂. 凍騎驢灞陵橋上, 便縱有些梅花入夢香, 到不如
風雪銷金帳, 慢慢的淺斟低唱.

* 맹양양(孟襄陽): 당나라 시인 맹호연(孟浩然)을 가리킨다.
  맹호연은 양주(襄州) 양양 사람이라서 맹양양이라고도 불리
  며, 산수경색을 묘사하는 시에 뛰어났다. 왕유와 이름을 나란
  히 하여 왕맹(王孟)으로 불렸다.
* 파릉교(灞陵橋): 파교(灞橋)라고도 한다. 장안 동쪽을 흐르
  는 파수(灞水)에 있는 다리이다. 옛날에 사람들이 이별할 때
  이 다리에 가서 버들가지를 꺾어 송별의 정을 표하였다고
  한다. 당나라 때 정계(鄭綮)가 "눈 내리는 날 나귀를 타고
  파릉교를 건너면 시상이 절로 난다."라고 하였다. 맹호연은
  눈 속에 나귀를 타고 눈썹을 찌푸리고 시를 읊으며 파릉교

를 지나갔다는 고사가 있다.
* 소금장(銷金帳): 황금(돈)을 녹이는 장막이라는 뜻으로 화
  류가(花柳街)를 지칭한다.

   맹호연은 눈을 좋아하여 파릉교에 눈이 올 때마다 나귀를 타
고 건너며 시상에 잠기곤 하였는데, 이 곡의 전반부에서는 이
이야기를 노래하였다. 원래 기려(騎驢)라는 말은 나귀를 타고
다닌다는 뜻으로 중국에서 은자나 문인 등을 지칭하던 뜻으로
자주 사용되던 말이다. 특히 과거에 낙방하였을 때 자주 나귀
를 타고 산천을 유람하면서 실의로 울적한 마음을 위로받곤 하
였다. 당나라의 유명한 시인 가도(賈島)도 나귀를 타고 가다가
자기가 지은 시 중에서 퇴고(推敲) 두 글자를 놓고 어떤 것을
선택할지 고심했다는 일화가 있다.
   후반부에서는 소금장(銷金帳) 고사를 인용하였다. 소금장은
금실로 짠 휘장을 말하는데, 이 곡에서는 맹호연의 고사를 빌
려 시흥에 젖어들고 음악에 심취하는 생활을 동경하였다.

제6수

도곡(陶穀)을 비웃노라,
눈으로 차 끓일 때를,
거위처럼 하얀 서설이 내린 섣달 초에,
날개 펼친 나비처럼 매화에 꽃이 막 피니,
여기에 맛좋은 양고주(羊羔酒)를 새로 사와,
추운 서재로 사람들 불러와서 한담을 하리라.

六

笑陶家, 雪烹茶, 就鵝毛瑞雪初成臘, 見蝶翅寒梅正有花, 怕羊羔
美酒新添價, 拖得人冷齋裏閑話.

* 도가(陶家): 송나라 때의 문장가 도곡(陶穀)을 말한다. 그는
  문장으로 당대 으뜸이었으며, 눈 오는 날이면 눈을 녹인 물
  에 차를 달여 마셨다고 한다.
* 접시(蝶翅): 꽃이 나비가 날개를 펼친 듯이 활짝 핀 한매
  (寒梅)를 비유한다.
* 양고(羊羔): 고대에 분주(汾酒)에서 생산되던 명주로 색깔
  이 맑고 투명하다.
* 냉재(冷齋): 가난한 서생의 서재를 가리킨다.

이 소령의 전반부에서는 먼저 눈 오는 날 이면 눈물로 차를
끓여 마셨다는 도곡의 고사를 인용하였다. 도곡이 하루는 눈
오는 날에 미인을 데리고 눈을 녹여 차를 다려 마시는데 그 미
인은 전에 당태위 집에 있던 사람이었다. 그래서 "당태위도 이
런 운치를 알던가?" 하고 물었더니 그 미인은 "그는 비단 장막
안에서 고아주(羔兒酒)를 마시면서 우리보고 나직이 노래 부르
라고 하였습니다." 라고 하였다. 여기서는 도곡처럼 고상한 차
를 마시는 척 허세를 부리는 것을 비유하였다. 그리고는 후반
부에서는 눈 내리고 겨울 매화가 막 피어오를 때 맛있는 술을
가져와서 서재에서 함께 술을 마시며 운치를 즐기자고 하였다.
이는 도곡처럼 그렇게 차 마시는 것보다 훨씬 좋다는 말이다.

제7수

국화 피자마자,
바로 돌아왔다.
호계승 학림우 용산객을 짝하니,
두보 도연명 이태백 같은데,
동정감 동양주 서호게 있으니.
초나라 삼려대부 굴원을 탓하지 마라.

七

菊花開, 正歸來. 伴虎溪僧鶴林友龍山客, 似杜工部陶淵明李太白, 有洞庭柑東陽酒西湖蟹. 哎, 楚三閭休怪.

* 호계승(虎溪僧): 동진시기 고승 혜원법사. 그는 정토종의 초조(初祖)로서 도안법사의 반야경을 듣고 크게 깨달아 여산에 정사를 짓고, 혜영(慧永) 등과 백련사를 결성했다.
* 학림우(鶴林友): 신선 은천상(殷天祥)으로 행적이 묘연하며 학림사에서 수도하여 신선이 되었다고 한다.
* 용산객(龍山客): 동진 말기 환온의 참군 맹가(孟嘉)이다. 중양절에 환온이 용산(龍山)에서 잔치를 베풀었을 때, 맹가가 수선을 떨자, 환온이 손성(孫盛)을 시켜 비꼬는 글을 짓게 했다. 그 글을 본 맹가는 즉석에서 답하는 글을 지었는데 문장이 매우 잘 되어 모두 탄복했다고 한다.

* 동정감(洞庭柑)은 강소성 태호 동정산에서 생산되는 감
  (柑), 동양주(東陽酒)는 찹쌀주의 일종으로 원나라 때 항주
  에서 만든 유명한 관주(官酒), 서호게(西湖蟹)는 항주 서호
  에서 나는 게이다.

이 소령에서는 국화 핀 가을에 전원으로 돌아가 옛날의 은자
와 같은 생활을 하면서 벗과 함께 시주를 즐기는 한적함을 노
래하였다. 동정감·동양주·서호게는 모두 강남지방에서 생산
되는 유명한 특산물로서 여기에 자족하는 작자에게서 이미 세
속의 부귀영화를 멀리 떠난 은자의 모습을 찾을 수 있다. 그리
고 마지막에서 굴원이 추방되어 멱라강에 투신할 때까지 줄곧
나라와 백성을 염려했던 것이나, 작자 자신이 세상 풍파를 피
하여 전원에 은거하면서 한적한 삶을 누리는 것이 근본적으로
는 동일한 사고에서 기원했다는 점을 강조하고 있다. 결국 작
자가 자기를 탓하지 말라고 한 것은 자신의 행위가 단순한 도
피행위가 아님을 암시한 것임을 알 수 있다.

제8수

절강정에서,
조수를 구경한다.
밀려왔다 가는 건 원래 일정하지 않은데,
오직 서산만이 영원토록 푸르구나.
엄자릉의 낚시는 얼마나 고상한 흥취인가,
시끄러움 속에서 고요함을 취하였다네.

八

浙江亭, 看潮生, 潮來潮去原無定, 惟有西山萬古靑. 子陵一釣多
高興, 鬧中取靜.

* 절강정(浙江亭): 장정역(樟亭驛)라고도 하며 전당강변, 용산
  (龍山) 아래에 있는 유명한 전망대이다.
* 서산(西山): 서호에 있는 산으로 영은산이라고도 한다.
* 자릉(子陵): 엄광(嚴光)의 자이다.

이 소령은 조수가 일어나는 강물의 풍경과 영원토록 푸른 서
산을 대비하여 인생의 무상함을 감탄하고, 부귀공명을 버린 채
조용히 은둔한 은자 엄자릉(嚴子陵)의 처세를 찬미하였다. 만

년에 작자가 서호 주변에 은거하기 위하여 자리를 잡고 엄자릉
과 같은 고대 은자들의 은둔생활을 동경하였다.

제9수

술잔이 깊어짐은,
옛 친구의 마음,
서로 만나면 사양하지 말고 마셔라.
그대가 노래하면 나는 천천히 술을 따르고,
굴원의 깨끗한 죽음은 다른 데 이유가 있었으니,
취하고 깬 것이 무슨 차이 있으랴.

九

酒杯深, 故人心, 相逢且莫推辭飮. 君若歌時我慢斟, 屈原淸死由他恁. 醉和醒爭甚.

* 고인(故人): 옛 친구.
* 심(甚): 무엇. 무슨.

이 소령은 친구를 만나 함께 만사를 잊고 술 마시며 근심을 푼다는 내용이다. 여기에 나오는 깨끗하다(淸), 취하다(醉), 술 깨다(醒) 등의 어휘는 모두 『사기』「굴원가생열전」에서 굴원이 "온 세상이 탁하거늘 나 홀로 깨끗하고, 사람들이 모두 취한 것 같건만 나 홀로 깨어있다.(擧世混濁而我獨淸, 象人皆醉而我獨醒)"라고 한 말에서 나왔다.

제10수

수척해진 몸,
근심스런 마음,
단풍에 취할 듯 가을산의 경치,
국화가 시들은 희마대(戲馬臺),
백의의 평민 되길 무척 바라는 동리 나그네여,
너는 자유(子猷)가 대규(戴逵)를 방문한 것처럼 하게나.

十
瘦形骸, 悶情懷, 丹楓醉倒秋山色, 黃菊雕殘戲馬臺, 白衣盼殺東
籬客, 你莫不子猷訪戴.

* 희마대(戲馬臺): 항우가 진나라를 멸망시킨 후에 스스로 서
  초패왕에 올라 팽성(彭城)에 도읍을 정하고 성 남쪽 남산
  위에 대를 쌓아 마술(馬術)을 구경했던 곳이다.
* 자유방대(子猷訪戴): 자유(子猷)는 진(晋)나라 왕휘지(王徽
  之)의 자이다. 왕휘지는 명필가 왕희지의 아들로 구속을 받
  기 싫어하는 성품이었다. 그가 하루는 눈 내리는 밤에 문득
  친구인 대규(戴逵) 생각이 나서 배를 타고 섬계(剡溪)에 있
  는 그의 집 앞까지 찾아갔다가 막상 들어가려니 흥이 사라
  져버려서 그냥 돌아왔다는 고사가 『세설신어』에 전한다.

이 소령에서는 복잡한 세상을 피해 은거하겠다는 뜻을 굳히긴 하였지만 아직도 세상사에 대한 미련을 완전히 버리지 못하고 고민하는 작자의 모습을 엿볼 수 있다. 고민과 근심에 몸과 마음은 피폐해지고 여전히 갈피를 잡지 못하는데 항우가 군사훈련을 구경하던 희마대에 올라보니 쓸쓸한 가을풍경과 더불어 황량하기 그지없다. 다시 부귀영화가 헛된 것임을 재차 확인한 작자는 이제 왕휘지처럼 세속에 얽매이지 않고 자유분방하게 살고 싶어 한다.

왕휘지는 눈 내리는 밤에 대규가 보고 싶어 배를 타고 찾아갔다가도 문 앞에서 흥이 사라지자 곧장 돌아와 버렸다. 이때 그는 "흥이 일어나서 갔다가 흥이 다하여 돌아왔으니 굳이 대규를 만날 필요가 있겠는가!(乘興而行, 興盡而返, 何必見戴)"라고 하였던 것이다. 여기에는 마음이 움직이는 대로 몸을 맡기고 자유분방하게 살아간 왕휘지의 처세를 배우고 싶은 작자의 소망이 담겨 있다.

제11수

평민의 신분으로,
영웅에게 묻노니,
왕도패업이 무슨 소용 있는가?
벼와 기장이 높고 낮은 육대의 궁궐에 무성하고,
오동나무만 멀고 가까운 천명의 무덤가에 있으니,
모든 건 한 바탕 악몽이로다.

十一

布衣中, 問英雄, 王圖霸業成何用. 禾黍高低六代宮, 楸梧遠近千
官塚, 一場惡夢.

* 포의(布衣): 평민 신분은 영웅들이 무슨 생각을 하고 있었
  는지 잘 모르기 때문에 한번 물어본다고 하였다.
* 육대(六代): 오·동진·송·제·양·진의 여섯 왕조를 가리
  킨다. 이 여섯 왕조는 모두 건강(建康, 지금의 남경)에 도읍
  을 정하였다.

이 소령은 영웅의 업적도 아무런 소용없고 한바탕 악몽에 불
과하다는 탄식의 소리이다. 과거의 화려했던 궁궐도 세월이 지

나 폐허가 되어버리고 왕후장상의 무덤에는 오동나무만 무성하
니 작자는 이로써 세상사에 대한 탄식을 토로하였다. 여기에서
작자는 당대 시인 허혼(許渾)의 「금릉회고」 시를 인용하여 육
조의 고도를 돌아보고 수당 이래로 정치의 중심지가 옮겨지면
서 다시는 번영을 누릴 수 없게 된 금릉(金陵, 지금의 남경)의
흥망성쇠에 대한 감개를 읊고, 나아가서 여기에 자신의 처량한
심정을 더하여 왕도패업에 대한 무상함을 노래하였다. 그리고
작자는 마지막에서 일부러 악몽(惡夢)이라는 말을 사용하여 그
가 영웅들의 일에 전혀 관심이 없다는 것을 강력하게 표명하였
다.

제12수

강산을 다투었네,
장안을 차지하려고,
장량이 놓은 불은 높이 잔교까지 이어졌고,[*]
한신은 홀로 대장의 단상에 올랐네,
초패왕이 오강 가에서 자결하였으니,
다시 누가 초한을 나누랴.

十二

競江山, 爲長安, 張良放火連雲棧, 韓信獨登拜將壇, 霸王自刎烏
江岸, 再誰分楚漢.

---

* 운잔(雲棧): 산속의 높고 험준한 벼랑에 설치된 잔교(棧橋)
를 말한다. 항우는 범증의 계책에 따라 유방을 중원에서 영
원히 쫓아내기 위해 유방을 한왕(漢王)으로 봉하고, 지금의
사천성에 해당하는 한중 땅으로 보냈다. 항우는 또한 유방이
한중에서 중원으로 들어오는 것을 차단하기 위해 그를 감시
하였다. 힘이 약한 유방은 항우와 관중에 주둔해 있는 세 왕
들을 안심시키기 위해 한중 땅과 중원 땅의 유일한 통로로
알려진 잔도(棧道)를 불태워 중원으로 다시 돌아갈 의사가
없음을 표시했다.

이 소령에서는 중원의 패권을 차지하기 위한 항우와 유방의 일전을 묘사하여 왕도패업의 허망함을 암시하였다. 장량의 뛰어난 지략과 한신의 탁월한 전술에 힘입어 유방은 천하통일의 대업은 비로소 달성되었다. 그러나 초한전의 시작 당시만 해도 군사력과 전략 면에서 모두 우위에 있던 항우는 범증과 같은 책사를 물리치면서 수족을 모두 잃게 되고 결국은 영원한 패배자로 죽음을 맞이한다. 그러한 불세출의 영웅도 역사의 뒤안길로 사라져버렸으니 이제 와서 왕도패업이 무슨 소용이 있을까라는 아쉬움이 내포되어 있다. 여기에는 몽고족의 통치하에서 항우와 같은 영웅이 나타나주기를 기대하는 희망을 살짝 가지다가 곧 그러한 영웅인물이 없다는 데 실망과 좌절을 느낀 듯하다.

제13수

장량의 신발,
주매신의 땔나무,
개 잡아 팔고 걸식하면서도 재상이 되고,
흙담 쌓고 밭 갈아도 장수의 자질 가졌네.
옛사람은 여전히 하늘의 때를 기다렸으니,
남몰래 참고 기다려야 하노라.

十三

　子房鞋, 買臣柴, 屠沽乞食爲僚宰, 版築躬耕有將才. 古人尚自把
天時待, 只不如且酩子裏胡捱.

* 자방혜(子房鞋): 장량은 어린시절 다리 위에서 한 노인을
  만났는데, 그가 일부러 신을 다리 아래로 떨어뜨린 후 다시
  주워 와서 자기에게 신기게 하였다. 장량은 아주 공손하게
  그 노인이 시킨 대로 하였다. 이에 노인은 장량에게 병법서
  를 한 권 주고 그로 하여금 유방을 도와 천하를 평정하게
  하였다.
* 매신시(買臣柴): 서한 무제 때 주매신(朱買臣)이 가난했던 시
  절 나무를 팔며 생활했다는 고사이다. 앞의 관련 내용 참고.
* 도고걸식(屠沽乞食): 도고는 서한 번쾌(樊噲)가 어린 시절
  에 개를 잡아 팔던 고사이고, 걸식은 한신이 어린 시절에 빨

래하던 아낙네에게 밥을 빌어먹던 고사이다.

* 판축궁경(版築躬耕): 판축은 은나라 때 부열(傅說)이 노예
  시절에 흙담 쌓던 고사이고, 궁경은 제갈량이 남양에 은거하
  여 농사에 종사하고 있던 시절의 고사이다.

　

장량·주매신·번쾌·한신·부열·제갈량은 모두 신분의 한
계를 극복하고 뜻을 이룬 인물들이다. 작자는 여기에서 부귀는
숙명적인 것이지 인위적인 도리가 아님을 천명하고 자기도 때
를 기다려 포부를 성취하겠다는 의지를 밝히고 있다.

마치원은 일생동안 단지 절강행성무관이라는 낮은 벼슬만 역
임하였을 뿐 출세의 길을 가지 못했다. 그는 재능은 있어도 알
아주는 이 없는 현실에서 뜻을 이루지 못한 채 반평생을 권력
의 주위만 맴돌다가 결국 모든 걸 포기하고 산림에 은거하였
다. 그러나 그 과정에서도 때로는 적막함을 이기지 못하고 경
세보국(經世報國)의 의지를 강하게 불태우기도 하였다. 이 곡
은 바로 작자의 이렇게 뒤숭숭한 심경이 반영되어 있는 자화상
과도 같은 작품이다. 그는 몽고족 통치 아래의 현실에 대한 불
만과 공명이록에 대한 부정을 표출하면서, 비분과 절망 속에
복잡다단한 심사를 드러내고 있다.

제14수

홀로 분별없이 하지 마라,
재앙은 막기 어려우니,
생각해보면 악의(樂毅)는 좋은 장수가 아니고,
그저 제나라가 완전히 망할 때를 기다렸을 뿐,
화우(火牛)의 일전에서 얼마나 죽었던가,
뒤쫓는 이들이여 그들을 따라가지 말게나.

十四

莫獨狂, 禍難防, 尋思樂毅非良將, 直待齊邦掃地亡, 火牛一戰幾
乎喪, 趕人休趕上.

* 악의(樂毅): 전국시대에 활약한 연나라의 장군. 위(魏)나라
초의 장수 악양(樂羊)의 후손인데, 현자이면서 전쟁을 좋아
했다. 연나라의 소왕(昭王)이 현자를 초빙한다는 말을 듣고
위나라에서 연나라로 가 아경(亞卿)이 되었다. 소왕 28년
상장군(上將軍)에 올랐다.
* 화우일전(火牛一戰): 화우계(火牛計)는 소의 꼬리에 기름칠
을 하여 불을 붙인 갈대다발을 매달아 적진으로 달리게 하
는 전법인데, 전국시대에 제나라의 장수 전단(田單)이 이 전
법을 써서 연나라 군대를 격파하였다.

이 소령에서는 전국시대 조나라의 명장 악의(樂毅)와 연나라
의 명장 전단(田單)의 고사를 통해 이권쟁탈의 무상함을 노래
했다. 악의는 조(趙)와 초·한·위·연 5개국의 군사를 이끌고
당시 강대국이던 제나라를 토벌하여 수도 임치(臨淄)를 함락시
키고 70여 개 성을 연나라에 복속시켰고, 전간은 화우계를 써
서 연나라 군대를 대파했다. 그러나 그 과정에서 너무도 많은
사람들이 목숨을 잃었으니 전쟁에 승리한들 무슨 의미가 있단
말인가. 작자는 이 곡의 마지막에서 이제 그러한 영웅들의 전
철을 되밟아서는 절대로 안 된다는 것을 강조하고 있다.

제15수

산봉우리에 서서,
비녀와 관을 벗노라.
석양에 비친 소나무 그림자 어지럽게 흩어지고,
태액(太液)은 맑고 깨끗하여 달그림자가 넓게 퍼지는데,
수면 위로 멀리 바람 불어 노을 진 구름 사라지고,
잠에 취했을 때는 아이야 부르지 마라.

十五

　立峰巒, 脫簪冠. 夕陽倒影松陰亂, 太液澄虛月影寬, 海風汗漫雲霞斷, 醉眠時小童休喚.

* 태액징허(太液澄虛): 태액(太液)은 한대와 당대에 궁궐 안
  에 있던 연못 이름이다. 징허(澄虛)는 연못물이 맑고 깨끗하
  다는 뜻이다.
* 해풍(海風): 호수의 수면 위로 부는 바람이다.
* 한만(汗漫): 한없이 넓다. 바람이 멀리까지 분다는 뜻이다.

　이 소령은 『악부군주』에서는 이치원(李致遠)의 작품이라 하
였고, 『북사광정보』에서는 마치원의 작품이라 하였다. 여기서는

『북사광정보』의 설을 따랐다. 이 곡에서 작자는 이제 세상의
부귀공명에 대한 미련을 모두 내려놓을 결심으로 산에 올라가
서 비녀와 관을 벗어버린다. 그리고 눈앞에 보이는 아름다운
풍경을 보면서 점점 마음의 안정을 찾아가며 초연한 은자의 모
습으로 돌아갈 준비가 되었다.

쌍조 수양곡

(제목을 잃어버림) 18수
失題

제1수

봄이 저물어가니,
꽃도 점점 사라져,
봄이 낙화를 수없이 재촉하네.
봄이 지나갈 때 쓸쓸히 풍경도 없어지니,
무릉인은 봄이 지나감을 한스러워 하노라.

一

　春將暮, 花漸無, 春催得落花無數. 春歸時寂寞景物疏, 武陵人恨
春歸去.

* 수양곡(壽陽曲): [쌍조]에 속하는 곡패의 이름으로 <낙매풍
　(落梅風)>이라고도 한다. 형식은 '3·3·7, 7·7·9'로 5
　구 4운이다. 첫 구에 압운을 하지 않고, '3·5·7' 자구에
　는 반드시 상삼하사(上三下四) 구법을 사용해야 한다.

* 소(疏): 희소하다, 드물다, 쓸쓸하다는 뜻이다.

* 무릉인(武陵人): 도연명의 「도화원기(桃花源記)」에 나오는 어부이다. 무릉(武陵)은 지명으로 지금의 호남성 상덕현(常德縣) 일대에 있다.

봄은 탄생과 희망을 상징하는 계절이라 누구나 봄 속에서 그러한 이미지를 영원히 간직하고 싶은 마음을 가지게 된다. 그러나 어김없는 자연의 법칙은 우주적 순환인 사계의 변화에 따라 인간에게 영원한 봄을 보장해주지 않는다. 이에 작자는 여기에서 낙화의 이미지를 통해 자연의 순환적인 항구성에 대비되는 인간세계의 무상함을 느끼고 봄이 지나가는 것을 한스러워한다. 작자는 여기에서 도연명의 「도화원기」에 나오는 어부를 자신에 비유하여 봄이 지나감을 상심해하면서 봄을 찾고 있다.

제2수

한 바탕 바람 불고,
한 바탕 비가 내려,
성안에는 낙화와 버들개지 가득하네.
창문 밖에 문득 들리는 두견새 울음소리,
마디마디 봄으로 돌아가라 부르짖네.

二
一陣風, 一陣雨, 滿城中落花飛絮. 紗窗外驀然聞杜字, 一聲聲喚
回春去.

* 맥연(驀然): 갑자기, 돌연히, 홀연히.
* 두우(杜字): 두견새로 자규(子規)라고도 한다. 두우는 본래
  전국시대 말기 촉나라 망제(望帝)의 이름인데, 그가 죽은 후
  에 그 혼이 두견새가 되었다는 고사에서 두견새의 이칭으로
  사용되었다.

이 소령 역시 만춘의 풍경 속에서 주위의 경치를 보고 느낀
작자의 감회로서 경물에 의탁하여 감정을 표현하였다. 두견새
의 울음소리는 마치 불여귀거(不如歸去)와 비슷하다고 하여 두

견새를 불여귀라고 하는데, 여기에는 돌아가는 것만 못하다는
뜻이 들어있다. 그래서 작자는 이 곡의 마지막 구에서 그러한
의미를 풀어서 환회춘거(喚回春去)라 하였다.

제3수

구름에 가려진 달,
바람에 울리는 풍경,
이들이 사람에게 처절함을 더해주네.
은등의 심지 올려 심사를 쓰려는데,
긴 한숨에 불이 꺼져버렸네.

三
雲籠月, 風弄鐵, 兩般兒助人凄切. 剔銀燈欲將心事寫, 長籲氣一
聲欲滅.

* 철(鐵): 처마에 매달아 둔 풍경(風磬)을 말한다. 말 모양으
  로 생긴 것도 있어 마형(馬形)이라고도 한다. 작은 방울이
  달려있어 바람에 움직일 때마다 소리가 난다.
* 척은등(剔銀鐙): 은등의 심지를 약간 돋우어 불빛을 좀 더 밝
  게 하는 것이다. 은등은 흔히 주석으로 만든 유등을 말한다.

  이 소령은 쓸쓸한 밤에 더 이상 외로움과 근심을 이기지 못
하고 불 밝혀 속마음을 적으려고 하지만 한없는 한숨에 그만
불이 꺼져 적지 못하는 여인의 한을 묘사한 것이다. 달이 구름

에 가려있어 날이 어둑어둑한 가운데 바람이 불어 풍경소리가 뎅그렁 울리니 그 소리가 더 슬프게 들려오고, 이러한 분위기는 사람들에게 처량함을 더 가중시킨다.

여기에는 구체적으로 누구의 마음을 노래한 것인지 나타나 있지 않기 때문에 혹 이를 남자의 마음을 묘사한 것으로도 볼 수 있겠으나, 전반적으로 흐르는 정서를 자세히 음미해보면 분명 여인의 정서임을 알 수 있다.

제4수

먹을 갈고,
붓을 먹물에 적시어,
예쁜 꽃무늬 종이에 소식을 전하려네.
해서로 반장을 썼는데 초서가 된 듯하여,
추운지 더운지 안부가 뒤바뀌었는지 모르겠네.

四

磨龍墨, 染兔毫, 倩花箋欲傳音耗. 眞寫到半張卻帶草, 敍寒溫不知箇顚倒.

* 용묵(龍墨): 먹의 이름으로 먹 중에서 고급품이다.
* 토호(兔毫): 토끼털로 만든 붓. 또는 붓의 이칭.
* 천화전(倩花箋): 아름다운 꽃문양이 있는 편지지.
* 음호(音耗): 편지, 소식.

이 소령은 멀리 떨어져 있는 연인에게 편지를 쓰는 모습을 묘사한 것이다. 고급 먹과 예쁜 꽃종이를 고르는 데서 편지를 쓰는 주인공이 여인임을 직감할 수 있다. 그리고 이 편지는 헤어지고 나서 처음 보내거나 아주 오랜만에 보내는 것이 분명하다. 예쁘게 잘 쓰기 위해 처음에는 정자로 또박또박 써 내려가 지만 종이를 채워갈수록 마음이 바빠져서 글씨가 비뚤어지고 흘림체로 변해간다. 다 써놓고 보니 마치 초서를 쓴 것 같아서 안부나 제대로 적었는지도 모르겠다고 하였다. 사랑하는 연인을 보고 싶은 간절한 사랑과 설렘이 묻어나 있어 잔잔한 아름다움을 더해준다.

제5수

이별한 뒤로,
소식이 끊어져,
박정한 놈 죽도록 괴롭히네.
한 사람 한 사람 만날 때마다 너 이야기 하다보면,
정말로 너는 귀가 뜨거워질 거야.

五

從別後, 音信絶, 薄情種害煞人也. 逢一箇見一箇因話說, 不信你
耳輪兒不熱.

* 박정종(薄情種): 박정한 사람.
* 이륜(耳輪): 귀를 가리킨다.

이 소령은 사랑하는 연인과 이별한 후 소식을 애타게 기다리
며 그리움에 젖은 여인의 원망어린 마음을 묘사하였는데, 여인
의 입장에서 여인의 어투로 노래한 대언체(代言體) 산곡이다.
작자는 여기에서 당시에 서민들이 사용하던 구어와 속어를 자
유롭게 운용하여 소박하고 진실한 사랑의 감정을 그대로 노출
시켰다. 특히 마지막 구에는 만나는 사람마다 사랑하는 남자의

안부를 물어보는 여인의 애절한 마음이 담겨있다. 사랑하면서
도 한스러워하는 모순된 심리 묘사와 많은 구어의 운용이 곡의
생동감을 더해준다. 또한 "정말로 너는 귀가 뜨거워질 거야"
라는 말은 일종의 미신적인 이야기로, 어떤 사람에 대한 이야
기를 할 때 설령 그 사람이 그 자리에 없다하더라도 그 사람은
자기 귀가 뜨거워지는 것을 느낀다는 말이다. 우리말에서는 이
럴 때 흔히 귀가 가렵다는 표현을 쓴다.

제6수

이별한 후에,
소식이 아득하니,
꿈속에도 찾아오네.
남에게 너의 안부 수만 번 물어보면,
정말로 너는 눈꺼풀이 떨릴 거야.

六
從別後, 音信杳, 夢兒裏也曾來到. 問人知行到一萬遭, 不信你眼皮兒不跳.

* 일만조(一萬遭): 일만 번. 조(遭)는 횟수를 나타내는 양사로 '번'에 해당한다.
* 송원시대의 속담에 안열안도(眼熱眼跳)라는 말이 있다. 이는 귀가 뜨거워지고 눈꺼풀이 부들부들 떨린다는 뜻으로 다른 사람이 안 보는 데서 자기 말을 하거나 욕을 하면 느껴지는 현상이라고 한다.

이 곡도 앞의 곡과 마찬가지로 헤어진 남자의 소식을 애타게

기다리는 여인의 마음을 노래한 대언체 산곡이다. 구어와 속담
을 가감 없이 사용하여 곡의 본색을 아주 잘 구현하면서도 너
무 천박하지도 않아 이별의 정이 더욱 애틋하다.

제7수

마음속의 일을,
그에게 말하면,
걸핏하면 둘 다 끝내자고 먼저 말하네.
끝내자는 건 사실 네가 나를 놀리는 말,
내 마음이 두렵지 왜 안 두렵겠어.

七

心間事, 說與他, 動不動早言兩罷. 罷字兒磣可可你道是耍, 我心
裏怕那不怕.

* 동부동(動不動): 걸핏하면, 툭하면, 자주.
* 참가가(磣可可): 정말로, 실제로.
* 파(罷): 끝내다. 그만두다.

이 소령은 남자를 사모하는 여인의 마음을 묘사한 것인데 여
인의 말 속에 사랑에 대한 심리가 세밀하게 묘사되어 있다. 연
인은 진지하게 사랑을 고백하지만 남자는 도리어 그만두자는
말만 되풀이한다. 그러나 여인은 그 말이 자기를 놀리는 말인
줄 알면서도 내심 불안해하는데, 여기에는 전통사회에서 남자

에 종속된 여인의 솔직하면서도 피동적인 정서가 그대로 나타
나 있다.

제8수

인적이 고요해지자,
바로 달빛이 밝아져,
창문 밖에 옥매화 비스듬히 비추네.
옥매화는 사람을 비웃듯 그림자와 노닐고,
달이 져버리면 너도 나처럼 홀로 되리라.

八
　人初靜, 月正明, 紗窗外玉梅斜映. 梅花笑人休弄影, 月沉時一般
孤另.

* 사창(紗窗): 얇고 고운 비단을 바른 창문.
* 옥매(玉梅): 장밋과에 딸린 갈잎 떨기나무. 산옥매와 비슷하
　나, 흰 꽃이 피며 주로 정원에서 가꾼다.

　이 소령에서는 고요한 밤에 외로운 여인이 달빛에 비친 매화
의 그림자를 보고, 매화와 그림자가 짝을 이루고 있는데 대한
질투를 느끼며 자기의 외로운 처지를 원망하는 마음을 묘사하
였다. 그러나 그녀는 다시 생각을 돌려 매화에게 너도 달이 지
면 나처럼 혼자가 될 테니 그렇게 의기양양해 하지 말라고 하

면서 자신의 마음이 상처받지 않도록 위로하고 있다. 이 곡은
매우 기교 있게 쓴 것으로 사람과 사물, 고요함과 움직임, 경물
과 감정 사이의 관계를 절묘하게 엮어서 외로움에 찬 여인의
심리를 세밀하게 그려내고 있다.

　혹자는 이 곡의 내용에 대해 마치원 자신의 심정을 노래한
것으로 추측하기도 하지만, 자세히 음미해보면 내면적으로 여
인의 정서가 흐르고 있음을 느낄 수 있다.

제9수

사람은 천리 밖,
근심은 만 가닥,
들판의 안개와 물가의 나무들을 한없이 바라본다.
잠시 이런 마음 어쩌지 못하다가,
난새 타고 돌아가지 못함을 한스러워 하노라.

九

　人千里, 愁萬縷, 望不斷野煙汀樹. 一會價上心來沒是處, 恨不得待跨鸞歸去.

* 정(汀): 물가의 평지, 작은 모래톱.
* 일회(一會): 아주 짧은 시간. 잠깐, 잠시.
* 과란(跨鸞): 농옥과 소사가 봉황을 타고 신선이 되어 날아
　갔다는 고사에서 나온 말이다. 이것은 돌아가고 싶은 생각이
　간절하여 봉황 타고 집으로 가겠다는 것을 상상함을 가리킨
　다.

　이 소령서는 먼 길을 떠난 나그네의 고향생각을 묘사하였다.
특히 여기에서는 농옥과 소사가 봉황을 타고 신선이 되어 승천

한 이야기를 빌려 자신이 봉황 타고 고향으로 돌아가고 싶은
간절한 소망을 기탁하였다.

제10수

향기로운 먹물 갈고,
흰 종이를 펼쳐서,
하얀 붓을 먹물에 찍어 심사를 대략 쓴다.
눈물과 함께 애끊는 사연을 조심스레 봉해서,
내가 두세 번 전해본다

十

研香汁, 展素紙, 蘸霜毫略傳心事. 和淚謹封斷腸詞, 小書生再三
傳示.

* 향즙(香汁): 향기로운 먹물.
* 소지(素紙): 흰 종이.
* 상호(霜毫): 붓. 서리처럼 흰 털로 만든 붓이라는 뜻.
* 소서생(小書生): 주로 문인들이 자칭으로 쓰는 말이다.

이 소령은 멀리 떠난 남자가 기다리는 여인에게 편지 보내는
장면을 노래한 것이다. 마지막에 소서생(小書生)이라고 하여
문인들이 자신을 지칭할 때 흔히 쓰는 용어를 사용한 것으로
보아 이 곡의 주인공이 남자임을 알 수 있다. 이 곡의 주인공

은 편지를 써놓고 애끓는 사연을 눈물과 함께 조심스레 봉하는데, 여기에 바로 답장을 전해주지 못한 사연이 다 들어있다. 여기에는 주인공이 집에서 나온 후부터 이 편지를 쓸 때까지 무수히 많은 고초와 험난한 여정을 겪었다는 말이 함축되어 있다.

제11수

진실하게 대하고,
거짓말일랑 하지 마세요,
당신 때문에 병들 수는 없잖아요.
병들었을 때 언제 보러온 적 있었나요,
헐렁해진 허리띠를 속일 수도 없네요.

十一

實心兒待, 休做謊話兒猜, 不信道爲伊曾害. 害時節有誰曾見來,
瞞不過主腰胸帶.

* 해(害): 상사병에 걸린 것을 이름.
* 주요흉대(主腰胸帶): 허리를 두르는 띠. 즉 허리띠. 유영의
  〈접련화〉 사에 "여윈 몸에 허리띠가 헐렁해져도 결코 후회
  하지 않겠어요, 당신 생각에 몸이 야위어 초췌해지더라도.
  (衣帶漸寬終不悔, 爲伊消得人憔悴)"라는 구절이 있다.

　이 곡은 남녀 사이의 사랑 다툼에서 괴로워하는 여인의 심사
를 노래한 것이다. 사랑하는 남자의 거짓말에 속지 않으려고
버티지만 결국은 그를 너무도 사랑하는 탓에 여인은 그만 상사

병에 걸리고 만다. 그래도 병문안조차 와주지 않은 그 남자를
원망하지만, 원망도 잠시 뿐 잊지 못하는 마음에 몸만 점점 더
야위어간다. 그래도 밖으로 표시나지 않도록 애를 쓰는데 허리
에 살이 빠져 허리띠가 헐렁해지는 바람에 속마음도 다 들통
나서 더 속상해한다. 사랑과 그리움에 대한 솔직하면서도 대담
한 표현들이 곡의 생동감을 더해주고 있다.

제12수

강매화 같은 자태,
복숭아 살구 같은 볼,
해당화 같은 요염한 얼굴.
반 줌의 전족 신발에 딱 맞는 작은 발,
하늘하늘 버들 같은 한 줌의 허리여.

十二

江梅態, 桃杏腮, 嬌滴滴海棠顏色. 金蓮肯分迭半折, 瘦厭厭柳腰一撚.

* 강매(江梅): 매화의 일종으로 야생 매화이다. 꽃이 작고 향이 많다. 속칭 야매(野梅)라고도 한다.
* 교적적(嬌滴滴): 아름다운 여인의 모습을 형용한 말이다.
* 금련(金蓮): 옛날 중국에서 전족한 여인의 아름답고 작은 발을 이르는 말이다.

이 곡은 여인의 아름다운 모습을 묘사한 것으로, 작자는 그것을 강매화, 복숭아 살구, 해당화, 전족 신발, 버들에 각각 비유하였다. 이렇게 미인의 자태를 묘사하는 작품은 이미 육조시

대의 영물시에 보인다. 이러한 기법은 내면세계에 대한 묘사가
아니라 하나의 사물을 포착하여 좌우 또는 상하로 바라보는 평
면적인 조망방식이다.

제13수

오늘을 생각하며,
지난해를 돌아보니,
푸른 버들의 정원은 여전하구나.
복숭아꽃 생긋 웃는 삼월,
오직 지난해 사람만 보이지 않네.

十三

思今日, 想去年, 依舊綠楊庭院. 桃花嫣然三月天, 只不見去年人面.

* 언연(嫣然): 아름다운 모양, 생긋 웃는 모양.

　이 소령은 한해가 지나가고 다시 따뜻한 봄이 찾아와 정원에
는 복숭아꽃이 피고 버드나무도 다시 파릇파릇해지는 춘삼월의
아름다운 풍경을 묘사하였다. 그런데 꽃은 다시 피고 잎도 다
시 돋아나지만 작년에 있었던 사람은 해가 바뀌면서 보이지 않
는다. 담담하게 눈앞에 펼쳐진 삼월을 따사로운 봄 경치를 스
케치하듯 읊었으면서도 인생의 유한함에 대한 아쉬움이 대비되
어 있어 상큼한 가운데 애틋함이 혼재되어 있다.

제14수

나비는 느긋하게 노닐고,
꾀꼬리 지겹도록 우는데,
바야흐로 나른한 날씨로다.
낙화가 날리지 않다고 이상하게 생각 마라,
주렴 밖에는 저녁바람이 힘없이 분다네.

十四

　蝶慵戲, 鶯倦啼, 方是困人天氣. 莫怪落花吹不起, 珠簾外晚風
無力.

* 용(慵): 힘없이 풀어진 모양. 느긋하다.
* 막괴(莫怪): 탓하지 마라. 이상하게 생각하지 마라.

　이 곡은 나른한 봄날의 정경이다. 나비도 사람도 모두 나른해
지는 날씨에 만사가 귀찮은데 꾀꼬리는 그에 아랑곳하지 않고
지겹도록 우지진다. 꽃잎이 떨어지는 때이므로 계절은 이제 늦
봄을 넘어가는데 바람이 약하게 불어 꽃잎마저 힘없어 보인다.

제15수

그 사람 마음이 다하자,
나도 그 사람 버려서,
이번 사랑이 헛되이 끝났네.
한 솥 끓던 물을 차게 식혀버렸으니,
다시 사랑 태우려면 언제나 뜨거워질까?

十五

他心罷, 咱便舍, 空擔著這場風月. 一鍋滾水冷定也, 再攛紅幾時
得熱.

* 풍월(風月): 원래는 청풍명월을 뜻하지만 여기서는 남녀 간
  의 사랑을 의미한다.
* 곤수(滾水): 끓는 물, 끓인 물.

　이 소령은 사랑하던 사람과 서로 마음이 다하여 이별을 선언
하고 헤어진 것을 묘사하였다. 그러나 주인공은 이미 식어버린
사랑의 마음에 미련을 가지고 다시 새로운 사랑을 하게 되기를
기대한다. 당시에 남녀 간의 만남과 헤어짐이 어느 정도 자유

롭고 빈번했음을 반영하고 있는 것으로 볼 수 있겠다. 남녀 간
의 사랑을 끓는 솥에 비유한 것은 상당히 사실적이며 통속적인
표현이다.

제16수

상사병,
어떻게 고칠까?
오직 연인간의 조리만 있을 뿐.
서로 사랑하고 껴안으면 진맥은 그치나니,
약을 먹지 않아도 자연스럽게 낫는다네.

十六

相思病, 怎地醫, 只除是有情人調理. 相偎相抱診脈息, 不服藥自然圓備.

* 즘지(怎地): 어떻게.
* 제시(除是): 오직, 단지.

이 곡은 남녀 사이의 사랑에 대한 매우 소박한 표현이다. 읽어서 그 뜻에 막힘이 없고, 전통적인 예교의 속박이나 심오한 함축미를 전혀 발견할 수 없으니, 이는 곡으로 표현할 수 있는 특징을 최대한으로 살린 작품이라 하겠다.

제17수

향기로운 비단 주머니,
옥으로 만든 경대,
화장대 앞에서 슬며시 눈썹을 그린다.
떨어지는 꽃잎이 섬돌에 가득하여 수심이 바다 같아,
봄의 신에게 옛 친구가 어디 있을지 물어보네.

十七

香羅帶, 玉鏡臺, 對妝盒懶施眉黛. 落紅滿階愁似海, 問東君故人
安在.

* 미대(眉黛): 눈썹을 그리는 먹. 청흑색 안료. 고대에 여인들
  은 이 먹으로 눈썹을 그렸다.
* 낙홍(落紅): 낙화(洛花).
* 동군(東君): 봄을 맡은 동쪽의 신. 봄의 신.

이 소령은 봄이 되어 경대 앞에 앉아 화장하는 여인의 모습
을 묘사한 것이다. 그러나 이 여인은 화장을 연하게만 살짝 해
보고 수심에 잠겼다가 누군가를 기다린다. 옛 친구는 아마도
그녀의 옛 연인일 것이다. 떨어진 낙엽이 섬돌에 가득하다는

것은 찾아오는 사람이 없어 집안 청소도 하지 않았다는 말이
다. 아마도 이 여인은 사랑하는 남자와 헤어진 후 아직도 그를
기다리고 있는 듯하다.

제18수

그에게 상처받아,
나는 병에 걸려,
친구들이 나에게 호의를 베푸네.
그들이 진정으로 내 마음을 안다면,
그들도 나처럼 초췌해져야겠지.

十八

因他害, 染病疾, 相識每勸咱是好意. 相識若知咱就里, 和相識也
一般憔悴.

* 상식(相識): 서로 아는 사이, 아는 사람, 지인.
* 취리(就里): 속마음. 여기서는 내면의 아픈 마음을 가리킨다.

　이 소령은 애인에게 버림받은 여인의 애절한 심정을 묘사한
것인데, 내용은 상당히 함축적이면서도 직설적이다. 전반부에서
는 남자의 변심으로 상처받아 상사병에 걸린 여인의 모습을 노
래했고, 후반부에서는 친구들이 찾아와서 위로를 하지만 그것
이 그녀의 마음을 완전히 풀어줄 수 없다는 답답한 마음을 묘
사하였다. 친구들이 자기의 마음을 진정으로 이해한다면 그들

도 자기처럼 초췌해져야 한다고 하였으니, 여기에는 실연에 대
한 여인의 심각한 고통과 자기를 버린 남자에 대한 강렬한 사
랑이 복합적으로 뒤섞여 있다.

쌍조 수양곡

소상팔경 8수
瀟湘八景

산시청람

꽃마을의 바깥,
초가주막의 서쪽,
저녁노을 빛나자 비가 그쳐 하늘은 맑게 개였네.
한줄기 석양아래 사방으로 펼쳐진 산,
비단 수놓은 병풍에 다시 비취색을 더한 듯하여라.

山市晴嵐

花村外, 草店西, 晩霞明雨收天霽. 四圍山一竿殘照裏, 錦屏風又
添鋪翠.

* 수양곡(壽陽曲): [쌍조]에 속하는 곡패의 이름으로 <낙매
  풍>이라고도 한다. 형식은 '3·3·7, 7·7·9'로 5구 4운
  이다. 첫 구에 압운을 하지 않고, '3·5·7' 자구에는 반드
  시 상삼하사(上三下四) 구법을 사용해야 한다.

* 산시(山市)는 산기슭에 있는 마을이다. 산시청람은 상담(湘
  潭)과 장사(長沙)의 접경지인 소산(昭山)의 풍경인데, 옛날
  에는 이곳에 누에시장이 있었다고 하나 지금은 번화한 포목
  시장이 그것을 대신하고 있다.

이 소령은 소상강가의 산촌에 비온 뒤 맑게 갠 남기와 거기
에 펼쳐진 아름다운 저녁 풍경을 묘사한 것이다. 작자는 먼저
꽃마을(花村)과 초가주막(草店)으로써 산촌을 나타내고 다시
저녁노을(晚霞)과 석양(殘照)으로써 비온 뒤의 맑게 갠 하늘을
묘사하였다. 작자는 상담과 장사의 접경지에 있는 한 산촌마을
에서 비가 그친 뒤에 멀리 서쪽의 저녁노을을 바라보고 있다.
사방이 산으로 둘러싸인 산촌 마을에 밝게 비치는 저녁노을은
우리에게 온화하면서 밝고 아름다운 느낌을 준다. 이 곡은 꽃
마을과 아지랑이를 통해 계절적으로 봄, 시간적으로 저녁의 경
치를 묘사한 것임을 알 수 있다. 봄은 희망을 나타내지만 석양
에는 절망이 서려있다. 산시청람의 시들은 대체로 봄날 아침의
풍경을 노래하였는데 작자는 이 곡에서 석상이 질 무렵의 저녁
풍경을 묘사한 것이 특징이다.

원포범귀

석양은 기울고,
술집 깃발 한가한데,
두 세척의 배는 아직 언덕에 닿지 않았네.
떨어지는 꽃잎에 물향기 어우러진 저녁 어촌의 민가,
단교 가에서 고기 팔던 사람들도 흩어지네.

遠浦帆歸

夕陽下, 酒旆閑, 兩三航未曾著岸. 落花水香茅舍晚, 斷橋頭賣魚人散.

* 원포범귀(遠浦帆歸): 원포귀범(遠浦歸帆)이라고도 한다. 상음현을 지나는 상강 일대의 풍경이다. 이곳에서 상강과 멱라강이 합류하여 남동정호로 흘러들어간다. 이 일대는 동정호의 습지대로 어류와 조류 자원이 대단히 풍부하다. 가을이 되어 동정호가 갈수기에 접어들면서 각종 진기한 조류들이 호수 안의 모래톱에서 겨울을 보내고 어류들은 수심이 깊은 곳으로 몰려든다.
* 단교(斷橋): 지금의 절강성 항주시 고산(孤山) 옆에 있는데, 산길이 여기에서 끊어지기 때문에 붙여진 이름이다.

　이 소령에서는 늦은 봄날 먼 곳에서 고기잡이를 마치고 돌아오는 어선이 도착할 무렵 어촌의 경치를 묘사하였다. 해질녘에 술집도 깃발을 내릴 준비를 하고 단교에서 고기 팔던 사람들도 시장을 파하고 집으로 돌아가는데, 두 세척의 어선만 아직 언덕에 닿지 못하고 있다. 여기서는 어촌 주변의 모든 사물들이 적막과 어둠이 깔리는 가운데 서서히 모습을 감출 때 돌아오던 어선들은 두 세척만 제외하고 모두 정박하여 정리를 끝냈다는 것을 알 수 있다. 마름을 따며 부르는 노랫소리에서 알 수 있듯이 원포범귀는 일반적으로 가을로 묘사되는데 비해 이 곡에서 작자는 늦봄으로 노래한 것이 특징이다. 계절적으로 봄과 시간적으로 저녁, 돌아오는 고깃배와 파하는 시장의 대비를 통해 늦은 봄날 저녁에 느껴지는 쓸쓸한 작자의 마음이 기탁되어 있다.

평사낙안

남쪽에서 소식을 보내고,
북쪽에서 편지를 부치며,
잠시 화초와 수목이 있는 물가에서 서식하네.
원앙새도 무리를 잃고 짝 찾아 헤맬 때가 있는데,
두 세줄 열을 지어 바다로 비스듬히 날아가네.

平沙落雁

南傳信, 北寄書, 半棲近岸花汀樹. 似鴛鴦失群迷伴侶, 兩三行海
門斜去.

* 평사낙안(平沙落雁): 형양시 회안봉(回雁峰) 일대의 풍경이
다. 소상강은 영주(永洲)에서 출발하여 남악 72봉의 으뜸인
회안봉에 이르는데, 북에서 남으로 날아가던 기러기 떼가 따
뜻한 형양에 도착하면 더 이상 남으로 내려가지 않고 그곳
에서 겨울을 보낸 다음 이듬해 봄에 다시 북으로 날아갔다
고 한다. 회안봉은 그래서 붙여진 이름이다. 당대의 시인 왕
발(王勃)은 「등왕각서(滕王閣序)」에서 "기러기 떼는 추위에
놀라, 그 소리가 형양의 포구에서 끊어진다.(雁陣驚寒, 聲斷
衡陽之浦)"라 하였고, 두보는 형양에 머물면서 "만리 형양
의 기러기, 올해도 북으로 돌아가네.(萬里衡陽雁, 今年又北
歸)"라는 시구를 남겼다.

* 옛사람들에게는 기러기로 편지를 전하는 방법이 있었다. 여기서는 한나라 때 소무(蘇武)가 기러기발에 편지를 묶어 보낸 이야기를 가리킨다.
* 해문(海門): 절강성 임해현(臨海縣) 동남쪽에 있으며, 해상 교통의 중심지이다. 이 지역을 폭넓게 해구(海口)라 한다.

이 소령에서는 넓게 펼쳐진 회안봉 일대의 소상강변에 내려앉는 기러기 떼의 아름다운 모습을 형상적으로 묘사하였다. 옛날에는 가을이 되어 상강의 물이 말라 평평한 모래사장이 나타나면 따뜻한 남쪽으로 내려가던 기러기 떼가 이곳에 내려앉아 서식하였다고 하는데, 지금은 형양시 상강 연안에서 모래사장을 찾아보기 어려울 뿐만 아니라 그 위로 내려앉아야 할 기러기 떼도 구경할 수 없다고 한다.

소상야우

고기잡이 등불 희미해진 밤,
나그네는 꿈에서 깨어나고,
사람의 마음을 부수듯 뚝뚝 떨어지는 빗방울.
외로운 배에서 오경에 만리 떨어진 집 생각,
이것은 집 떠난 나그네의 눈물줄기로구나.

瀟湘夜雨

漁燈暗, 客夢回, 一聲聲滴人心碎. 孤舟五更家萬里, 是離人幾行
情淚.

* 소상야우(瀟湘夜雨): 영주성(永州城) 동쪽 소상강에 비 내
  릴 때의 야경이다. 영주는 유종원의 산문 「영주팔기」로 유명
  한 곳이기도 하다. 상수(湘水)는 영주 경내에서 소수(瀟水)
  와 합류하여 소상(瀟湘)이라 불리게 된다.
* 어등(漁燈): 고기잡이 불빛, 즉 어선에 밝혀놓은 등불이다.
* 객몽회(客夢回): 나그네가 꿈속에서 깨어난다.

　이 소령은 제목이 소상강에 내리는 밤비이나, 실제 내용은
소상강의 외로운 배에서 밤비 소리를 듣고 고향생각에 사로잡

힌 나그네의 처량한 심정을 노래한 것이다. 나그네는 하루빨리
고향으로 돌아가 가족들을 만나고 싶지만 생계 때문에 오랫동
안 타지를 떠돌 수밖에 없는 상황이다 보니 자기도 모르는 사
이에 두 눈에 눈물이 가득 고여 옷깃을 적신다. 이것은 바로
이 곡의 주인공의 심정이자 작자 자신의 심정이기도 하며 난세
에 천하를 떠도는 모든 나그네의 사향이기도 하여 더욱 애절하
다.

연사만종

쓸쓸한 저녁안개 하늘하늘 피어오르고,
오래된 사찰은 수려하고 그윽한데,
황혼 무렵 예불 드리는 사람도 거의 없네.
서풍을 따라 만종이 서너 번 울리니,
어떻게 노승이 좌선을 하겠는가!

煙寺晩鍾

寒煙細, 古寺清, 近黃昏禮佛人靜. 順西風晩鍾三四聲, 怎生敎老
僧禪定.

* 연사만종(煙寺晩鍾): 저녁 무렵 절간에서 들려오는 만종을
  뜻하는 연사만종은 형산현 북쪽 청량사의 풍경이다.
* 선정(禪定): 참선하여 삼매경에 이르는 것이다. 이는 불교의
  근본적인 수행 방법 중의 하나로서, 반야의 지혜를 얻고 성
  불하기 위하여 마음을 닦는 수행이다.

상강은 북으로 흘러가서 불교성지의 하나인 남악 형산을 지
나는데, 배를 타고 가던 나그네는 양 기슭에서 피어오르는 저

녁연기를 보고 청량사에서 들려오는 종소리를 들으면 잠시라도 배를 멈추지 않을 수 없다. 이 곡에서는 인적이 드문 고찰에서 살아가는 노승의 적막한 생활을 묘사하여 이민족의 통치를 받던 난세에 작자가 처한 불우한 신세와 처량한 심경을 부각시켰다. 고요한 가운데 문득 서풍을 따라 들려오는 만종 소리에 정적이 깨어지고, 이에 조용히 앉아 좌선에 몰입하던 노승의 마음도 안정을 찾지 못한다. 여기서는 동적인 장면을 묘사하여 정적인 장면을 더욱 두드러지게 강조하였다.

어촌석조

명랑으로 고기잡이 마치니,
반짝반짝 저녁노을 빛나고,
푸른 버드나무 제방에 고기잡이 노랫소리 들려오네.
어떤 집에서는 사립문에 그물을 널어서 말리니,
모든 것이 한 폭의 고기잡이 그림에 모여 있네.

漁村夕照

鳴榔罷, 閃暮光, 綠楊堤數聲漁唱. 掛柴門幾家閑曬網, 都撮在捕魚圖上.

* 어촌석조(漁村夕照): 어촌의 석양을 뜻하는 어촌석조는 원강(沅江) 백린주 일대의 풍경이며, 도연명이 <도화원기>에서 묘사한 무릉도원이 바로 이곳이다. 운귀고원 동쪽에서 발원한 원강은 귀주를 지나 동정호 서쪽의 목평호로 유입된다. 원강은 도원산 아래에 이르면 계곡이 넓어져 유속이 완만해지고 수심이 얕아진다. 여기에서 원강은 수계(水溪)라고 하는 지류와 합류하는데, 이 두 물줄기가 합류하는 곳에 백린주가 있고 수계의 입구에 수계촌(水溪村, 지금의 桃花源鎭)이 있다. 따라서 어촌석조 중의 어촌은 바로 이 백린주와 수계촌을 포함하고 있다.
* 명랑(鳴榔): 나뭇가지로 배를 두드리면 고기가 놀라 그물

속으로 들어가게 하는 고기잡이 방법이다.

난세를 떠나 아름답고 조용한 전원에 은거하여 일생을 마치
고자 하는 것은 역대 문인들의 이상이었으며, 마치원도 몽고족
의 통치하에서 그러한 이상을 실현시킬 날을 꿈꾸며 살아갔다.
이 곡에서는 황혼 무렵 어촌의 풍경을 묘사하여 작자의 그러한
여망을 반영하였다.

강천모설

날은 저물어 가는데,
어지럽게 흩날리는 눈은,
매화인 듯 나부끼는 버들개지인 듯,
강가의 저녁은 그림 그리기에 가장 좋은데,
고기잡이 하던 사람은 도롱이 입고 돌아가네. *

江天暮雪

天將暮, 雪亂舞, 半梅花半飄柳絮. 江上晚來堪畵處, 釣魚人一蓑
歸去.

* 강천모설(江天暮雪): 강가에 내리는 저녁 눈을 뜻하는 강천
  모설은 장사 귤자주(橘子洲)의 풍경이다. 귤자주는 귤주(橘
  洲) 또는 수륙주(水陸洲)라고도 하며, 장사시 맞은편의 상강
  중류에 위치하고 있다. 이곳은 예로부터 장사지역의 명승지
  로 유명하였는데, 귤자주 앞에 서면 동쪽으로는 장사성이 보
  이고 서쪽으로는 악록산이 보인다.
* 조어인(釣魚人): 낚시하는 사람. 유종원의 「강설(江雪)」시
  에, "외로운 배에 도롱이 입고 삿갓 쓴 늙은이, 홀로 눈 내
  리는 차가운 강가에서 낚시질 하네(孤舟簑笠翁, 獨釣寒江
  雪)"라는 구에서 그 뜻을 취하였다.

역사적으로 귤자주는 진(晉) 혜제 영흥 2년(305)에 오랜 세월에 걸친 모래와 자갈의 퇴적으로 형성되었다고 한다. 원래는 귤주(橘洲)·직주(織洲)·서주(誓洲)·천주(泉洲)라는 네 개의 섬으로 이루어졌으나, 청대에 이르러서는 상주(上洲)·중주(中洲)·하주(下洲)라는 세 개의 섬으로 바뀌었고, 지금은 다시 하나의 기다란 섬으로 변모되었다. 귤자주란 이름은 이곳에서 맛있는 귤이 많이 생산되기 때문에 붙여진 것이다. 이 곡에서는 해질 무렵 강가에 흩날리는 흰 눈을 맞으며 집으로 돌아가는 어부의 모습을 형상적으로 묘사하였다.

동정추월

갈대꽃 시들 제,
손님과 갑자기 이별하여,
달빛에 일엽편주 타고 노니네.
예장성에서 옛 친구가 찾아오자,
마침내 동정호에 가을 달이 두둥실 떠오르네.

蘆花謝, 客乍別, 泛蟾光小舟一葉. 豫章城故人來也, 結末了洞庭
秋月.

* 동정호의 가을 달을 뜻하는 동정추월은 아름다운 동정호의
  가을 풍경이다. 동정호는 호남성 북부에 있는 호수로 현재
  중국에서 두 번째로 큰 담수호이다. 태고에 운몽대택(雲夢大
  澤)이라고 불린 큰 호수가 일대를 덮고 있었는데, 여러 하천
  의 퇴적작용에 의해 광대한 호광평야와 크고 작은 무수한
  소택군이 형성되었으며, 동정호도 그 중의 하나로 생겨났다
  고 한다.
* 예장성(豫章城): 지금의 강서성 남창시. 이 구에서는 서생
  쌍점과 소소경의 연애고사를 차용하였다.

소상강은 북으로 흘러 망망대해 같은 팔 백리 동정호로 들어

가는데, 가을에 맑은 달빛이 고요한 호수에 비치면 동정호는
더없이 아름다운 자태를 드러낸다. 이 곡에서는 달 밝은 동정
호의 가을 야경을 묘사하였다. 가을이 되어 갈대꽃도 시드는데
친구와 갑자기 이별하니 마음이 심란해진다. 시름을 잊고자 달
밤에 일엽편주 타고 동정호를 떠돌고자 할 때, 문득 옛 친구가
찾아와서 함께 노니는데, 마침 둥근달이 두둥실 떠올라 사방을
비춘다.

쌍조 상비원

노소재의 서호에 화답하며
和盧疏齋西湖

제1수

봄바람에 준마를 탄 부귀한 집 자제들,
따뜻한 날 서호는 삼월,
음악소리 물에 닿는 앵화시(鶯花市).
음악을 모르면 여기에 오지 말아야지,
노래하고 술 마시며 시를 지어야 한다.
산에 비 지나가자 찡그린 눈썹처럼 아름답고
버드나무에 감도는 연기는 미녀의 머리카락 같다.
너무 기뻐서 잠자는 서시 같구나.

一

春風驕馬五陵兒, 暖日西湖三月時, 管弦觸水鶯花市. 不知音不
到此, 宜歌宜酒宜詩. 山過雨顰眉黛, 柳拖煙堆鬢絲. 可喜殺睡足的
西施.

* 상비원(湘妃怨): [쌍조]에 속하는 곡패의 이름으로 <능파선 (淩波仙)>·<능파곡(淩波曲)>·<풍이곡(馮夷曲)>·<수선자 (水仙子)>라고도 한다. 형식은 '7·7·7, 5·6, 3·3·4' 이며 8구 7운이다. 제6구에는 압운을 하지 않는다. 마지막 3구의 형식은 비교적 자유로운 편이어서 '5·5·4', '6·6·4', '7·7·4', '7·7·7' 등도 모두 가능하다.

* 오릉아(五陵兒): 권문세가의 귀족 자제를 가리킨다. 한나라 황실에서는 황제의 능묘를 조성해놓고 사방에 권문세족과 외척들을 능묘 부근에 와서 살게 했다. 오릉은 장릉(張陵)· 안릉(安陵)·양릉(陽陵)·무릉(茂陵)·평릉(平陵)이다.

* 앵화시(鶯花市): 즐거움을 찾고 음악을 하는 기원을 가리킨 다. 동시에 새소리와 꽃향기 나는 환경을 가리키는 것으로 중의적인 뜻을 가지고 있다. 여기서는 서호의 유람선에서 들 려오는 즐거운 노랫소리를 의미한다.

여기서부터 4곡은 모두 서호의 경치를 노래한 노소재의 소령 에 화답한 곡이다. 원작 4수는 봄(春)·여름(夏)·가을(秋)· 겨울(冬) 서호의 사계절 경치를 서시에 비유하여 읊었다. 이에 맞추어 마치원도 사계절의 경치를 서시에 비유하였다.

이 곡은 서호의 봄경치로 따스한 날씨와 온화한 바람, 꽃이 피고 버들잎이 파랗게 돋아나는 풍경을 미인 서시의 봄잠에 비 유하였다. 전반부에서는 권문세족 자제들이 준마를 타고 서호 로 봄나들이 가서 노래와 시와 술로 흥을 돋우는 장면을 묘사 하였다. 후반부에서는 서호에 한차례 비가 지나간 뒤 눈앞에

펼쳐진 산은 서시의 찡그린 눈썹 같고, 호숫가 버드가지는 서
시의 머리카락 같다고 형용한 다음, 그러한 서호의 미경을 잠
자는 서시에 비유하였다.

제2수

연꽃 캔 호수 위에 떠 있는 화선,
낚시를 드리운 여울가의 백로,
빗속의 누각과 안개속의 절,
왕유가 화가임을 비웃노라.
물에 비친 봉래산 물결에 일렁일렁,
따스한 바람이 불어와,
연꽃향기 산뜻할 제,
청량하게 피서하는 서시 같구나.

二

采蓮湖上畵船兒,　垂釣灘頭白鷺鷥.　雨中樓閣煙中寺,　笑王維作
畵師.　蓬萊倒影參差.　薰風來至,　荷香淨時.　淸潔煞避暑的西施.

* 백로사(白鷺鷥): 백로이다. 물새로서 주둥이와 다리는 모두
  길고 물가에서 작은 고기를 잡아먹고 사는데 마치 어부가
  낚시를 하는 것 같아서 수조탄두(垂釣灘頭)라고 하였다.
* 왕유(王維): 당나라 때의 유명한 시인이자 화가이다. 남종문
  인화의 시조로서 자연을 소재로 한 오언절구에 뛰어났다. 자
  는 마힐(摩詰). 산서성 태원 사람이다.

　이 소령은 서호의 여름 풍경을 묘사한 것이다. 여름이라 연
을 캐어낸 깨끗한 호수위로 떠 있는 화려한 배 한척, 여울 가
에서 고기를 잡고 있는 백로, 마침 비가 오는 가운데 아련히
보이는 누각과 절, 이 모든 것이 아름다운 한 폭의 산수화를
연상시킨다. "시 속에 그림이 있고, 그림 속에 시가 있다(詩中
有畵, 畵中有詩)"는 말로 유명한 당나라 시인 왕유가 이를 그
림으로 표현한다 해도 이보다 뛰어날 수는 없다는 것이다.

제3수

가득 채운 금술잔 권하노니 사양 마세,
노란 감귤과 자색 게의 계절이 되었네.
원앙은 상심할 일에 개의치 않는다오,
흰머리로 호수에서 죽더라도.
연지를 바른 듯한 정원을 좋아하는데,
서리는 단풍에 떨어지고,
얼음 위에 날리는 낙엽.
멋들어지게 술에 취한 서시 같구나.

三

　金叵滿勸莫推辭，已是黃柑紫蟹時．鴛鴦不管傷心事，便白頭湖
上死．愛園林一抹胭脂，霜落在丹楓上，水飄著紅葉兒．風流煞帶酒
的西施．

　이 소령은 서호의 가을 경치를 노래한 것이다. 노란 감귤과
자주색 게는 가을의 풍물로서 입맛을 돋우기에 놓은 음식이다.
이렇게 아름답고 풍성한 계절에 쓸데없는 일에 신경쓰지 말고
서호의 추경을 감상한다. 이미 나뭇잎은 단풍이 들었고 서리도
내려 겨울을 맞을 준비를 하는데 그 앞에 펼쳐진 정경이 마치
가을에 흠뻑 취한 서시 같다.

제4수

인가의 울타리에 나부끼는 술집 깃발,
눈 속에 덮인 매화와 고목나무 가지.
시를 읊으려도 퇴고에 미온하여,
서호에서 지긋이 수염을 만진다네.
소동파에게 눈에 대한 시가 없어 한탄하니,
말하지 마라.
소동파와 한퇴지를,
곱게 화장한 서시 같구나.

四

人家籬落酒旗兒, 雪壓寒梅老樹枝. 吟詩未穩推敲字, 爲西湖撚
斷髭, 恨東坡對雪無詩. 休道是蘇學士, 韓退之, 難裝煞傅粉的西
施.

* 퇴고(推敲): 당나라 시인 가도(賈島)가 "승고월하문(僧高月
  下門)"이라는 시를 쓸 때 퇴(推)를 쓸까 고(敲)를 쓸까 고
  민에 잠겼다가 마침 지나가던 경조윤 한유의 행차를 만나 한
  유에게 고(敲)자로 하라는 지도를 받았다는 이야기이다.
* 소학사(蘇學士), 한퇴지(韓退之): 소학사는 소동파를 가리키
  고 한퇴지는 한유를 가리킨다.

  이 소령은 서호의 겨울 풍경을 묘사한 것이다. 울타리 가에
깃발이 나부끼고 겨울매화와 고목나무가 온통 눈에 덮여 있는
모습을 보고 감흥에 젖은 작자는 시를 지으려 하지만 오히려
퇴고에 심혈을 기울이게 된다. 소동파는 항주자사로 있으면서
서호에 대해 잘 알고 있었는데 그에게 눈에 관한 시가 없는 이
유는 아마도 항주지역이 남쪽지역이라 눈이 자주 내리지 않아
서 그럴 지도 모른다.

월조 천정사

가을 생각

마른 등나무, 고목에 황혼의 까마귀,
작은 다리 흐르는 물에 인가,
옛길의 서풍에 야윈 말,
석양이 서쪽으로 넘어가는데,
애끊는 사람 하늘가에 있네.

秋思

枯藤老樹昏鴉, 小橋流水人家, 古道西風瘦馬. 夕陽西下, 斷腸人在天涯.

* 월조(越調): 궁조의 이름으로 『태화정음보』에서는 "월조는 마음껏 표현하면서도 냉소적으로 노래한다.(越調唱陶冶冷笑)"라고 하였다.
* 천정사(天淨沙): [월조]에 속하는 곡패의 이름이다.
* 고등(枯藤): 마른 등나무
* 혼아(昏鴉): 황혼의 까마귀
* 수마(瘦馬): 야윈 말

　이 소령은 쓸쓸한 가을 풍경 속에 서 있는 나그네의 근심에 잠긴 모습을 묘사한 것이다. 전반부에서는 눈앞에 펼쳐진 경물을 묘사하면서 아홉 개의 명사만 나열하고 동사가 없는 것이 특징이다. 마른 등나무와 황혼의 까마귀가 쓸쓸한 가을의 이미지를 준다면 야윈 말은 피로에 지친 외로운 나그네의 이미지를 준다. 후반부에서는 자연 경물을 매개체로 하여 작자의 내면세계를 드러내었다. 이 곡은 주덕청이 추사(秋思)의 시조라 평한 이래로 지금까지 많은 곡론가들로부터 찬탄을 받아온 작품이다.

제3장
투수(套數)

선려 상화시

장강바람이 나그네를 전송하다

<상화시>
풍괴(馮魁)와 소경(蘇卿)이 먼저 짝을 이루자,
수심에 잠긴 풍류아 쌍점(雙點).
주룩주룩 눈물을 쏟아내고,
처량한 근심에,
짧은 등잔불을 짝하네.

<요>
근심과 원한 많아 혼도 꿈에 놀라,
몸은 멀어도 그리운 마음은 하나.
바람이 조각배 살랑살랑 보내어,
하늘가 아득히,
구름타고 가듯이 배 떠나가네.

<잠살>
푸른 물결 맑고,
강과 하늘 고요한데,
닻줄 풀고 어디에 머물까?
촛불 끄고 주렴 드니 바람 더욱 세차,
머리 돌려 다시 산성으로 향한다.

모래강변 지나 부연 안개 맑은 강물,
천길 파도에 아름다운 밤 영원하리.
초승달 밝고,
마침 바람 잠잠한데,
홀연히 머리 들어 예장성 바라보네.

長江風送客

<賞花時> 馮客蘇卿先配成, 愁殺風流雙縣令. 撲簌簌淚如傾, 凄涼愁損, 相伴著短檠燈.

<么> 愁恨厭厭魂夢驚, 兩處相思一樣情. 風送片帆輕, 天涯隱隱, 船去似馭雲行.

<賺煞> 碧波清, 江天靜, 既解纜如何住程. 滅燭掀簾風越緊, 轉回頭又到山城. 過沙汀, 煙水澄澄, 千里洪波良夜永. 蛾眉月明, 恰才風定, 猛擡頭觀見豫章城.

* 상화시(賞花時): 곡패의 이름으로 [선려조] 투수의 첫 곡에 사용된다.
* 풍객(馮客): 풍괴(馮魁)를 가리킨다.
* 쌍현령(雙縣令): 쌍점(雙點)을 가리킨다.
* 박속속(撲簌簌): 눈물이 뚝뚝 떨어지는 모양. 뚝뚝. 주루룩.
* 단경등(短檠燈): 등잔걸이가 아주 짧은 등.
* 염염(厭厭): 무성한 모양.
* 은은(隱隱): 아득한 모양. 분명하지 않는 모양.
* 연수(煙水): 멀리 아지랑이나 안개가 끼어 부옇게 보이는

강물.

* 흡재(恰才): 방금, 막.
* 예장성(豫章城): 강서성 남창(南昌).

이 투수는 송원 시대에 민간에 널리 알려진 쌍점(雙點)과 소경(小卿)의 사랑이야기를 노래한 것이다. 노주(盧州)의 기생 소소경(蘇小卿)은 서생 쌍점과 사랑에 빠졌다. 어느 날 쌍점이 과거에 응시하러 갔다가 한참이 지나도 돌아오지 않자 소경의 계모는 강서(江西)의 차 장사꾼 풍괴(馮魁)에게 은자를 받고 그녀를 팔아버린다. 쌍점은 과거에 급제한 후 돌아와서 소경을 찾았지만 그녀는 어디론가 떠나고 보이지 않는다. 수소문 끝에 풍괴에게 팔려갔다는 사실을 알고 그녀를 찾아서 곧장 배를 타고 뒤좇아 간다. 금산(金山)에 이르러 소경이 절에 남겨둔 편지를 보고 밤새 천리를 달려 임안(臨安, 지금의 항주)에 이르러 결국 소경을 다시 찾아 둘은 부부가 된다.

첫곡 <상화시>에서는 소경이 풍괴에게 팔려간 것을 알게 된 쌍점이 눈물을 비 오듯 흘리며 근심에 잠긴 모습을 묘사하였다. 그리고 <요>와 <잠살>에서는 그리움을 참지 못한 풍류서생 쌍점이 밤하늘에 조각배를 타고 소경을 찾아가는 과정을 노래하였는데, 강가의 밤 풍경과 쌍점의 근심어린 마음이 매우 처량하게 묘사되어 있다.

쓸쓸한 객사에서 비 때문에 머물며

<상화시>
말은 고생고생 산길은 먼데,
달빛 희미하고 별빛 드물어 날이 새려 하고,
부연 안개 황량한 들에 퍼져있네.
앞길에는 주점 적어,
바람과 우박 간신히 피하겠지.

<요>
객사로 달린지 며칠이나 지났나,
창문에 떨어지는 빗소리에 정신이 없으려네.
고향까지 길은 멀고,
사립문 고요하여,
나도 몰래 막걸리를 마신다.

<잠살>
숲속에 들리는,
겨울 까마귀 소리,
강촌의 주막엔 날이 새지 않았는데,
관산(關山)의 나뭇잎 바람에 흩날리네.
시골의 쓸쓸한 고기잡이와 나무꾼 생활 생각하니,
무료함이 근심이라,
마음속 불같아,
어둑한 등잔엔 심지 돋우지 않는다.

짙은 구름 점점 사라지고,
밝은 달이 밝게 비추는데,
매화 핀 파릉교에서 맑은 향기를 보낸다.

孤館雨留人

<賞花時> 區區山路遙, 月暗星稀天欲曉, 雲氣布荒郊. 前途店
少, 僅此避風雹.

<幺> 客舍駸駸過幾朝, 雨哨紗窗魂欲消. 離故國路途遙. 柴門靜
悄, 無意飮香醪.

<賺煞> 聽林間, 寒鴉噪, 野店江村未曉. 風刮得關山葉亂飄, 料
前村冷落漁樵. 悶無聊, 心內如燒, 昏慘慘孤燈不住挑. 濃雲漸消,
月明斜照, 送淸香梅綻灞陵橋.

* 안마(鞍馬): 안장을 지운 말.
* 구구(區區): 고생하다.
* 침침(駸駸): 달리는 모양. 빠른 모양.
* 향료(香醪): 향기로운 막걸리.
* 혼참참(昏慘慘): 어두움을 형용함.
* 파릉교(灞陵橋): 지금의 섬서성 서안시 동쪽에 있다. 이곳은
  주로 송별하는 곳을 가리킨다. 앞의 관련 주석 참고.

이 투수는 나그네가 가을비 내리는 깊은 밤에 홀로 객점에서

보내는 쓸쓸한 정경을 묘사한 것이다. <상화시>에서는 산길을
밤새 달려 비도 내리는 가운데 말도 힘들어하는데 객점도 잘
보이지 않는 상황이다. <요>에서는 그렇게 며칠을 달린 끝에
간신히 객점을 찾아 비를 피하고 자신도 모르게 막걸리 한잔을
들이키며 고향 생각에 잠긴다. <잠살>에서는 계속 가을비가 주
룩주룩 내리는 가운데 멀리 길 떠나는 나그네는 황량한 객점에
발이 묶여 있다. 등잔불을 대하니 고향생각이 한없이 솟아나
수심에 잠긴다. 고향을 그리워하는 나그네의 심정과 주변 경물
이 조화롭게 융합되어 상당한 예술적 감화력을 갖추고 있다.

손바닥에 움켜쥔 물에 비친 달

<상화시>
옛 거울 깨끗이 닦은 듯 가을 달은 하늘에 떠있고,
방울방울 옥 같은 이슬 차가운 날씨에 점점 많이 맺혔네.
별빛 찬란한 은하수,
매우 맑은 샘물,
투영된 달그림자 너울너울 춤추네.

<요>
불식간에 누각엔 이경이 지나,
천천히 발 옮기니 옥가(玉珂) 소리 울리네.
침실을 걸어 나와,
꽃송이에 다가가니,
하녀가 나를 불러,
자러 가자 하는 구나.

<잠살>
급하게 재촉해도,
한가하게 배회하며,
서둘러 하녀에게 말한다네.
거울과 화장대 준비해 두라고.
달빛에 흥이 나서 하는 화장은,
기쁨을 어찌할 수 없어서이지,
귀신에 홀려서가 아니라오.

옥같이 어여쁜 손가락 펴서 연못 안의 푸른 물에 담그고,
물을 반 줌 떠서 얼굴 비춰보니,
하녀들도 모두 모였는데,
분명 손바닥에서 항아(嫦娥)를 보는구나.

掬水月在手

<賞花時> 古鏡當天秋正磨, 玉露瀼瀼寒漸多, 星鬪燦銀河. 泉澄潦盡, 仙桂影婆娑.

<么> 不覺樓頭二鼓過, 慢撤金蓮鳴玉珂. 離香閣近花科, 丫鬟喚我, 渴睡也去來呵.

<賺煞> 緊相催, 閑篤磨, 快道與茶茶嬤嬤. 寶鑒妝奩準備著, 就這月華明乘興梳裹, 喜無那, 非是咱風魔, 伸玉指盆池內蘸綠波. 剛綽起半撮, 小梅香也歇和, 分明掌上見嫦娥.

* 파사(婆娑): 너울너울 춤추는 모양.
* 이고(二鼓): 이경(二更). 하룻밤을 5경으로 나누었을 때 오는 두 번째 경(更)이다. 지금으로는 밤 9시에서 11시까지이다.
* 옥가(玉珂): 옛날 여인들이 치마에 달던 옥으로 만든 장식.
* 향각(香閣): 침실.
* 차차마마(茶茶嬤嬤): 차차(茶茶)는 금원시대에 소녀에 대한 미칭으로 소녀의 이름으로도 많이 썼으며, 마마(嬤嬤)는 나이든 부인이나 여자 하인을 지칭하는 말이다.

이 투수는 달 밝은 가을밤에 아리따운 여인이 꽃구경을 하며 흥에 겨워하는 모습을 묘사한 것이다. 첫 곡 <상화시>는 밝은 달과 찬란히 빛나는 별, 맑은 샘물과 거기에 투영된 달그림자 등 가을밤의 아름다운 풍경을 대단히 형상적으로 묘사하였다.

<요>는 규중의 여인이 이토록 아름다운 달밤에 마음이 이끌리어 밤이 깊었는데도 꽃구경을 즐기려고 침실을 걸어 나와 꽃 가까이로 다가가는 모습이다. 마지막 <잠살>은 아름다운 달밤에 이끌리어 나온 여인이 자신도 모르게 주위의 경치에 도취되어 한가하게 노니는 모습인데, 작자는 여기에서 여인의 심리묘사와 함께 아름다운 자태묘사도 곁들여 매우 생동감 있고 청려하게 표현하였다.

전반적으로 경물에 감정을 이입하여 정중경(情中景)의 의경을 창출하였고, 시간의 경과에 따라 행동을 공간적으로 묘사하는 서사적인 기법을 사용하였다. 이 곡은 자신의 외면과 내면의 아름다움을 동시에 발견한 여인의 솔직하면서도 진지한 감정을 예술적으로 승화시킨 데 그 가치가 있다고 하겠다.

남려 일지화

가는 봄이 아쉬워

<일지화>
조화의 공 빼앗아,
번화한 봄을 차지했네.
꽃다운 명예 상원(上苑)에 떠들 썩,
온화한 기색 도성에 가득하네.
봄의 흥취를 논함이 어떠한가?
마음껏 꽃구경 즐기고,
때는 바로 애끓는 삼월 초,
바닷물을 끓여서 사랑을 이룬 장생을 배우려 했는데,
몸을 소중히 아낀 두보처럼 되어버렸네.

<양주>
정연하게 진주와 비취옥 장식되었고,
쓸쓸히 잎만 무성하고 꽃은 드물지만,
눈 감고 꿈속에서 봄 찾아 나서네.
춘광은 그림 같고,
춘경은 그린 것 같으며,
춘심은 방탕한데,
춘몽은 어떠한가?
봄 근심 씻으니 두 눈이 뜨이지 않고,

봄의 아름다움에 마음이 나른해지네.
춘정을 감상하며 오락가락하는 꿀벌,
춘의에 감동되어 슬피 애원하는 두견새,
춘광은 어떠한가?
내실 창에서 봄을 머물라고 노래하는데,
어찌 봄을 등질 수 있으리오.
영원히 춘풍에 술 취하니,
봄날의 꿈 화서몽(華西夢) 같구나.

〈격미〉
허송세월 보내지 마라,
온 하늘엔 버들개지 목화같이 춤추고,
온 땅엔 남은 꽃들이 비단처럼 펼쳐졌으며,
90일 동안 춘광을 쉽게 등져버렸네.

惜春

〈一枝花〉 奪殘造化功, 占斷繁華富, 芳名喧上苑, 和氣滿皇都.
論春秀誰如, 一任教浪蕊閑花塢. 正是斷人腸三月初, 本待學煮海
張生, 生扭做遊春杜甫.

〈梁州〉 齊臻臻珠圍翠繞, 冷清清綠暗紅疏, 但合眼夢裏尋春去.
春光堪畵, 春景堪圖, 春心狂蕩, 春夢何如. 消春愁不曾兩葉眉舒,
殢春嬌一點心酥. 感春情來來往往蜂媒, 動春意哀哀怨怨杜宇, 亂
春心喬喬怯怯鶯雛. 春光, 怎如. 綠窗猶唱留春住, 怎肯把春負. 長
要春風醉後扶, 春夢似華胥.

〈隔尾〉 休耽閣一天柳絮如綿舞, 滿地殘花似錦鋪, 九十日春光等

閑負. 雲窗月戶, 狂風聚雨, 休沒亂殺東君做不得主.

* 일지화(一枝花): 곡패의 이름으로 [남려] 투수의 첫 곡에
  사용된다.
* 상원(上苑): 천자의 정원, 궁궐안의 동산.
* 자해장생(煮海張生): 금원대에 널리 유행하던 사랑이야기이
  다. 조주(潮州)에 사는 장우(張羽)는 석불사에서 밤에 용녀
  경련(瓊蓮)을 만나 서로 사랑하게 되었고, 경련은 장우와 사
  랑을 이루기 위해 바닷물을 솥에 넣고 끓이게 하여 용왕을
  감복시켰다는 이야기이다.
* 화서몽(華西夢): 황제(黃帝)가 낮잠을 자다가 화서(華胥)라
  는 나라에 가서 잘 다스려지고 있는 것을 보았다는 고사에
  서 유래된 말로 낮잠이나 길몽을 뜻한다.

  이 투수는 다가올 봄을 그리워하고 지나가는 봄을 아쉬워하
는 젊은 여인의 심정을 노래한 곡이다. <일지화>에서는 따사로
운 봄날에 장생과 경련처럼 사랑하는 사람을 만나겠다는 희망
을 품었으나 이루지 못한다. <양주>에서는 봄경치의 아름다움
을 적극적으로 찾아나가는 모습을 노래하였다. 춘광·춘경·춘
심·춘몽을 찾기 위해 여주인공은 마음속 깊이 내재된 춘정을
끌어내어 더욱 대담하게 추구한다. 마지막 <격미>에서는 폐쇄
적인 굴레를 벗어던지고 봄날을 만끽하며 봄을 향유하다 마침
내 봄이 끝나버린 데 대해 아쉬움을 토로 하고 있다. 여기에는

집안에 갇혀 바깥구경도 못하는 여인들의 울적한 심리와 이를
벗어나려는 과감한 행동들이 잘 조화를 이루어 표현되어 있다.

대석조 청행자

인연

<청행자>
하늘이 두 가지 풍류를 부여하여,
복과 지혜를 함께 닦도록 하였네.
선녀 같은 아내와 재능 있는 남편,
경희(瓊姬)와 자고(子高),
무아(巫娥)와 송옥(宋玉),
직녀와 견우.

<감곽랑>
주점에서 술 팔 마음 있었지만,
공명을 구하여 그녀에게 보답했네.
혼탁한 세상 속에,
오래 머물지 마라.

<환경악>
기품은 매화처럼 빼어나고,
허리는 버들처럼 유연하며,
난초 같은 고결한 심성에,
하얀 치아 맑은 눈동자,
아름다운 명성,

기방에 가득하고,

금관을 차지하여,

호양십추(滈陽十醜)를 모두 눌렀네.

용모는 아리땁고,

정신도 왕성하여,

술 마시고 시 지으면,

그 자리에서 낭군을,

검은 머리가 옛날 일 되게 할 수 있네.

조비연 같은 몸매에 너울너울 춤추는 무의(舞衣),

춤추는 회란무(回鸞舞)에 나부끼는 비취색 옷자락,

구름도 가던 길 멈추는 아름다운 노랫소리,

내 사랑 어떻게 생겼을까?

내 사랑 어디에 있을까?

꽃구름 따라가면 쉽게 찾을 수 있으려나.

님 그리는 아름다운 처녀.

<정병아>

갈림길의 버드나무 본받지 말고,

남의 손 꺾고 들어가면,

아내가 되어 남편을 섬길 수 있으리니,

알뜰한 사랑 맺길 바라면서,

수줍은 듯,

한번 상의해보면,

영원히 변치 않을 사랑 얻게 되리니,

지금 이후로,

사랑을 등한시하지 마세.

<수살>
인연 맺기 어렵다고 말하지 마라.
좋은 점 서로 받아들이면,
결국은 배필이 되리니,
무엇 때문에 님 생각에 초췌해지겠는가.

姻緣

<靑行子> 天賦兩風流, 須知是福惠雙修. 驂鸞仙子騎鯨友, 瓊姬子高, 巫娥宋玉, 織女牽牛.

<憨郭郎> 當壚心既有, 題柱志須酬, 莫向風塵內, 久淹留.

<還京樂> 標格江梅淸秀, 腰肢宮柳輕柔, 豈止蘭心蕙性, 不惟皓齒明眸. 芳名美譽, 鎭平康冠金鬥, 壓盡溧陽十醜. 體面妖嬈, 精神抖擻. 作來酒令詩籌, 坐間解使並州客, 綠鬢先秋. 飛燕體翩翩舞袖, 回鸞態飄搖翠被, 遏雲聲留亮歌喉. 情何似情何在. 恐隨彩雲易收, 丁香枝上, 豆蔲梢頭.

<淨瓶兒> 莫效臨岐柳, 折入時人手, 許持箕帚, 願結綢繆. 嬌羞, 試窮究, 博箇天長和地久, 從今後, 莫敎恩愛等閑休.

<隨煞> 休道姻緣難成就, 好處要人消受, 終須是配偶, 偏甚先敎沈郎瘦.

* 대석조(大石調): 궁조의 이름으로 『태화정음보』에서는 "대
   석조는 풍류적이면서 온화하게 노래한다.(大石唱風流蘊籍)"
   라고 하였다.

* 청행자(靑行子): 곡패의 이름으로 [대석조] 투수의 첫 곡에
사용된다.
* 참란선자(驂鸞仙子)와 기경우(騎鯨友): 선녀 같은 아내와
재능 있는 남편을 말한다. 참란선자는 봉황을 타고 신선이
되어 하늘로 올라간 농옥을 가리키며, 기경우는 당나라 때
유명한 시인 이태백을 가리킨다.
* 경희(瓊姬)와 자고(子高): 송나라 때 인신(人神) 연애고사
에 나오는 남녀 주인공이다.
* 무아(巫娥)와 송옥(宋玉): 무아는 원래 송옥의 「고당부」에
나오는 무산신녀를 가리킨다.
* 당로(當壚): 한나라 때 사마상여가 아내 탁문군과 함께 목
로집을 차리고, 아내에게는 손님에게 술을 팔게 하고 자신은
잡역을 했던 고사이다.
* 제주(題柱): 한나라 때 사마상여가 벼슬하러 장안으로 들어
가면서 승선교를 지나가다가 다리기둥에 "네 필의 말이 끄
는 높은 수레를 타지 않고서는 이 다리를 지나지 않으리라.
(不乘高車駟馬, 不過此橋)"라고 쓴 고사를 말한다.

이 투수에서는 부부의 인연을 노래하면서, 한 기생의 모습을
통하여 사랑의 소중함과 자유연애 사상을 표현하고 있다. 첫곡
<청행자>에서는 농옥과 이태백, 경희와 자고, 무산신녀와 송옥,
직녀와 견우 등의 고사에 나오는 유명한 인물을 통하여 이상적
인 남녀 형상을 그려내었다. 여기에서 농옥과 이태백, 무산신녀
와 송옥 사이에는 직접적인 연애고사가 없지만 작자는 이들을

각각 미인과 재능 있는 낭군에 비유하였다.

  <감곽랑>에서는 탁문군과 사마상여의 연애고사로 이상적인 부부 형상을 그려내고, 다시 재능 있는 남편들에게 지금과 같이 혼탁한 세상에서는 명리의 장에 오래 머물지 말라고 권유하고 있다. <환경악>에서는 아름다운 여인의 외모와 행동·내면심리 등을 적절하게 묘사하였다. 즉 매화·버들·난초 등으로 아름다운 여인의 미모를 비유하고, 계속하여 기원에서 뛰어난 용모를 자랑하는 그녀의 생활고, 낭군을 아직 만나지 못해 애틋하게 그리워하는 모습을 매우 형상적으로 표현하였다. <정병아>와 <수살>에서는 인연이란 결코 맺기 어려운 것이 아니니 좋은 상대가 나타나면 주저하지 말고 즉시 찾아가서 사랑을 고백하고 서로의 단점을 보완하여 이상적인 부부상에 버금가는 사랑을 이루기를 강조하고 있다. 여기에 이 투수의 작자가 말하려는 주제가 담겨있는데, 이는 현대적인 관점에서 보아도 자유연애 사상과 흡사하여 당시의 개방적인 사회적 분위기를 읽을 수 있다.

반섭조 초편

반평생을 어딜 가든 즐겼으니

<초편>
반평생을 어딜 가든 즐겼으니,
하마터면 종신의 대계를 그르칠 뻔 했다.
백발이 나를 깨우쳐주었구나.
서촌이 은둔하기 가장 좋으니,
늙으면 마땅히 은둔해야 한다는 걸.
거기엔 초가집과 대숲 길 있고,
약초와 채소 가꿀 밭도 있다네.
자연히 풍운의 기개가 줄어들어,
밀랍을 씻은 듯 흘러간 세월 맛도 없네.
세태를 방관하며,
조용히 사립문을 닫는다.
제갈량이 은거했던 와룡강은 없다 해도,
엄광이 은거했던 낚시터는 있으니,
성취를 이룬 정원에서,
의자에 앉아 청산을 마주하니,
문을 둘러 흐르는 푸른 물이 더욱 아름다워라.

<쇄해아>
궁해지면 깊이 잠들면 되는데,

밭 갈고 길쌈할 노비가 무슨 소용 있으랴.
물고기 기를 두 마지기 연못과,
백 개의 샘물로 통하는 맑은 계곡은,
풍월을 즐기도록 늙은이를 위해 배치되고,
시비를 씻도록 한적한 이를 위해 준비됐네.
즐거움이 또한 그 안에 있구나.
스님이 오면 죽순과 고사리를 대접하고,
손님이 오면 함께 비파타고 바둑 두리라.

〈이〉
파란 대문 안에는 다행히 오이 심을 땅이 있으니,
누가 백리후(百里侯)를 부러워하랴.
두레박으로 물 길러서 부추싹을 키우고,
번지(樊遲)처럼 유쾌하게 농사를 배운다.
배나무 아래 술 석 잔,
수양버들 그늘 아래 자리 하나,
결코 어떤 구속도 없어,
선생에게는 맑은 죽이 있고,
가난한 선비에게는 절인 야채가 있다네.

〈삼〉
얼어 죽지 않을 옷이 있고,
굶어 죽지 않을 음식 있다.
가난해도 번뇌가 없으니 한적함이 좋다는 걸 알겠노라.
풍랑 속에 배를 타고 가는 것이,
어찌 소매 털고 전원으로 돌아가는 것만 같으랴.

본래 명리 다투는 걸 좋아하지 않았는데,
가난을 싫어한다는 말이 귀를 더럽혔네.
새와 더불어 귀찮은 세상사를 잊으리라.

<미>
흐린 날에는 암컷 찾는 산비둘기 즐겁고,
꽃향기에 지저귀는 화미조(畵眉鳥)를 좋아한다.
연잎에 맺힌 이슬과 버들 가에 긴 안개,
부들에 부는 바람을 짝하여,
오리와 꾀꼬리가 아름답게 우는구나.

半世逢場作戲

<哨遍> 半世逢場作戲, 險些兒誤了終焉計. 白髮勸東籬, 西村最好幽棲, 老正宜. 茅廬竹徑, 藥井蔬畦, 自減風雲氣. 嚼蠟光陰無味, 旁觀世態, 靜掩柴扉. 雖無諸葛臥龍岡, 原有嚴陵釣魚磯, 成趣南園, 對榻青山, 繞門綠水.

<耍孩兒> 窮則窮落覺囫圇睡, 消甚奴耕婢織. 荷花二畝養魚池, 百泉通一道青溪. 安排老子留風月, 準備閑人洗是非, 樂亦在其中矣. 僧來筍蕨, 客至琴棋.

<二> 青門幸有栽瓜地, 誰羨封侯百里. 桔槔一水韭苗肥, 快活煞學圃樊遲. 梨花樹底三杯酒, 楊柳陰中一片席, 倒大來無拘系. 先生家淡粥, 措大家黃齏.

<三> 有一片凍不死衣, 有一口餓不死食. 貧無煩惱知閑貴, 譬如風浪乘舟去, 爭似田園拂袖歸. 本不愛爭名利. 嫌貧汙耳, 與鳥忘機.

<尾> 喜天陰喚錦鳩, 愛花香哨畫眉. 伴露荷中煙柳外風蒲內, 綠頭鴨黃鶯兒哢七七.

* 반섭조(般涉調): 궁조의 이름으로 『태화정음보』에서는 "반섭조는 정돈되었으면서도 곤경에 빠뜨리듯 노래한다.(般涉唱 拾掇坑塹)"라고 하였다.
* 초편(哨遍): 곡패의 이름으로 [반섭조] 투수의 첫 곡에 사용된다.
* 봉장작희(逢場作戲): 『선어록』에 "막대기를 들고 다니면서 가는 곳마다 즐거움을 누린다."라는 말이 있다. 원래는 강호의 예술인들이 도처에서 연기하는 것을 가리킨다. 후세 사람들은 놀기를 좋아하는 사람이 어떤 곳에서나 적응하여 만족한다는 뜻으로 사용하였다.
* 자감풍운기(自減風雲氣): 바람과 구름이 만나면 사물이 서로 감동하여 기세가 충만하다. 옛사람들은 항상 풍운을 인물의 만남에 비유하였다. 풍운기는 뜻을 얻었을 때 풍운을 일으키는 기개를 가리킨다. 이 구에서는 이미 늙었으니 다시 무슨 풍운의 기개도 없다는 뜻을 가리킨다.
* 백리후(百里侯): 한나라 초기에 공신에 대해 왕이나 후(侯)에 봉하는 제도가 있었는데, 주현(州縣) 등의 장관도 후라고 칭하였다. 그래서 백리후는 현령을 지칭한다.
* 화미조(畫眉鳥): 상체는 옅은 갈색이고 부리와 등 위에 갈색의 굴대무늬가 있는 새이다. 눈 가장자리는 흰색이며, 눈 위에 하얀 색의 눈썹 같은 무늬가 또렷하다.

　이 투수는 작자가 만년에 산림에 은거하여 지은 것이다. 그는 백발의 깨달음으로부터 반평생을 즐겁게 많이 놀았으니 나이가 들어서는 마땅히 물러나 은거해야 한다고 생각하였다. 은거생활 후에 직접 농사짓고 밥을 해먹으면서 노동 속에서 즐거움을 누림으로써 진정한 즐거움에 대한 의미를 깨달았다. 그리고 그는 전원생활과 전원으로 돌아온 후의 즐거운 심정, 전원의 아름다운 자연풍경을 사실적이면서도 조리정연하게 묘사하였다. 여기에서 작자는 자신의 사상 감정과 경치를 항상 결부시켜 더욱 진실하고 감동적인 느낌을 갖도록 해주었다.

반섭조 초편

장옥암의 초서

<초편>
진(晉)·당(唐)이 망한 후로,
초서는 흔적도 없이 사라졌다가.
하늘이 다시 장옥암을 내려 보내,
홀로 우뚝 기초를 세웠네.
매우 법도 있고,
마음은 소탈하며,
의기 총명하여,
재덕을 겸비했네.
당시에 그는 술에 만취하여,
두건 벗어 이마 드러내어,
소매도 걷어 부친 채,
하얀 붓을 찬물에 담구고,
향기 좋은 먹을 진하게 갈아 벼루에 가득 붓고,
하얀 비단 펼쳐서,
붓의 동룡(銅龍)을 잡고,
「적벽부」를 써내려가 노래했다네.

<요>
자세히 보면 육서(六書)와 팔법(八法)이 다 완비되어,

춤추는 봉황새와 나래치는 난새처럼 아름다웠네.
장공(長空)에 쓴 두 점은 먹물에 힘이 있고,
동창(東窓)에 뿌린 것 진흙을 입에 문 제비 같네.
웅장한 기세는 못과 쇠를 자를 듯하고,
휘감긴 칡넝쿨 늘어진 실 가닥 같네.
풍운의 기운 넘치는데,
청신하고 절묘함이 더해져,
가보로 삼을 수 있고,
금석에 조각할 만하다네.
이왕(二王)의 옛 법을 꿈속에서 살피고,
회소(懷素)의 유풍을 모두 습득하였구나.
지금 생각해보아도,
천하에 맞수가 없도다.

<오살>
한 폭 수십 척을 다하여,
처음부터 모조리 막힘이 없으니,
청신함은 누에가 뽕잎 갉아 먹은 듯하고,
용맹함은 사자가 돌을 후벼 파는 듯하다.
선배들을 뛰어넘어,
한림(翰林)에서 찬사하고,
고아한 선비들이 감상을 남기네.

<사살>
그 글씨는 미친듯하면서도 수수하고,
미친듯하면서도 소박하여,

부류에서 뛰어나고 무리에서 빼어났네.
부드러움은 버들가지 바람에 춤추는 듯하고,
단단함은 끝없는 하늘에 벼락 치는 듯하네.
참으로 아까워라,
침착하고도,
곡직이 분명했네.

<삼살>
한 획 한 획은 한 조각구름 같고,
한 점 한 점은 기괴한 돌 같구나.
한 삐침 한 삐침은 곤붕(鵾鵬)의 날개 같고,
반원 필획은 성난 괴룡(乖龍)의 뼈 같고,
가파르게 가로지른 필획은 큰 이무기 가죽 같네.
형체가 매우 특이하여,
주문 드리는 신부(神符) 같고,
진흙 속에 움츠린 지렁이 같네.

<이살>
그 글씨는 애교부리는 듯 토라진 듯,
성내는 듯 기뻐하는 듯,
천 가지로 추하다가도 매우 아리땁다.
추함은 산귀신이 마른나무 뽑는 듯,
아리따움은 양귀비가 「예상우의곡」 타는 듯,
누구를 비교할 수 있으리오.
황정경(黃庭經)을 써주고 거위와 바꾸어,
도사의 거위를 가지고 돌아온 왕희지 뿐이라네.

<일살>

안진경 소자첨 미원장 황노직,

선현들의 필적 그대 모두 가졌으니,

수천 권 상자에 가득하고,

비단으로 엮은 책이 사방에 가득하여,

삼매의 경지에 통달하였다네.

마애에 새긴 글씨본은,

칭찬할만한 비석이로다.

<미>

진실로 어려운 글자 쓴 듯 기묘하고,

그 안에 제가들의 체를 모두 꿰었으니,

천하를 통틀어 제일가는 명필일세.

張玉岩草書

<哨遍> 自唐晋傾亡之後, 草書掃地無蹤跡. 天再產玉岩翁, 卓然獨立根基. 甚綱紀. 胸懷灑落, 意氣聰明, 才德相兼濟. 當日先生沉醉, 脫巾露頂, 裸袖揎衣. 霜毫曆曆蘸寒泉, 麝墨濃濃浸端溪. 卷展霜縑, 管握銅龍, 賦歌赤壁.

<么> 仔細看六書八法皆完備, 舞鳳戲翔鸞韻美. 寫長空兩脚墨淋漓, 灑東窗燕子銜泥. 甚雄勢. 斬釘截鐵, 纏葛垂絲, 似有風雲氣. 據此清新絶妙, 堪爲家寶, 可上金石. 二王古法夢中存, 懷素遺風盡眞習. 料想方今, 寶宇四海, 應無賽敵.

<五煞> 盡一軸, 十數尺, 從頭一掃無凝滯. 聲清恰似蠶食葉, 氣勇渾同猊抉石. 超先輩, 消翰林一贊, 高士留題.

<四>　寫的來狂又古，顚又實，出乎其類拔乎萃．軟如楊柳和風舞，硬似長空霹靂摧．眞堪惜．沉沉著著，曲曲直直．

<三>　畫一畫如陣雲，點一點似怪石，撇一撇如展鯤鵬翼．彎環怒偃乖龍骨，峻峭橫拖巨蟒皮．特殊異，似神符堪咒，蚯蚓蟠泥．

<二>　寫的來嬌又嗔，怒又喜，千般醜惡十分媚．惡如山鬼拔枯樹，媚似楊妃按羽衣．誰堪比，寫黃庭換取，道士鵝歸．

<一>　顏眞卿蘇子瞻，米元章黃魯直，先賢墨跡君都得．滿箱拍塞數千卷，文錦編挑滿四圍．通三昧，磨崖的本，畫贊初碑．

<尾>　據劃畫難，字樣奇，就中渾穿諸家體，四海縱橫第一管筆．

* 당진(唐晉): 진당(唐晉)이다.

* 옥암옹(玉岩翁): 원대의 서예가 장옥암이다. 마치원의 친구이나 생애사적이 미상이다.

* 단계(端溪): 광동성 조경(肇慶)에 있는 벼루의 명산지.

* 육서팔법(六書八法): 육서는 한자의 여섯 가지 서체로 고문(古文)·기자(奇字)·전서(篆書)·예서(隷書)·무전(繆篆)·충서(蟲書), 또는 대전·소전·예서·팔분(八分)·초서·행서를 가리키고, 팔법은 영자팔법(永字八法)을 가리킨다.

* 이왕(二王): 육조 진(晉)나라 때 대서예가 왕희지(王羲之)와 왕헌지(王獻之) 부자를 칭하는 말이다.

* 회소(懷素): 당대의 승려이자 서예가로 속세의 성은 전씨(錢氏), 자는 장진(藏眞), 영주(永州) 영릉(零陵, 호남성)사람이다. 어려서 불도로 입문하여 종형제인 오동으로부터 왕희지의 서법을 익히고 만년에 안진경을 만나 벽탁(壁拆)의 법을 터득하였다.

 * 이 구의 내용은 황정환아(黃庭換鵝)의 고사이다. 대서예가
   왕희지는 평소 거위를 좋아하였는데, 목이 유난히 긴 거위의
   변화무쌍한 목에서 운필의 묘를 깨달았기 때문이다. 산음의
   도사가 좋은 거위를 기르고 있다는 소식을 듣고 왕희지는
   자기에게 팔라고 부탁하였다. 이에 도사가 황정경(黃庭經)을
   써주면 거위를 주겠다는 제의를 하자 왕희지는 흔쾌히 황정
   경을 써주고 거위를 받아왔다고 한다.

   이 투수는 서예가 장옥암(張玉岩)의 초서 예술을 찬양한 작
품이다. 작자는 장옥암의 초서를 예술적인 면에서 대단히 높게
평가하고, 그의 필치와 기법을 섬세하고 생동적으로 묘사하였
다. 이는 산곡에서 서예의 예술성을 논한 최고의 절창이라 할
만하다.
   먼저 <초편>에서는 장옥암의 서예와 인품 및 당시에 글씨를
쓰던 상황에 대해 개괄적으로 묘사하였다. 특히 당대 이후로
초서의 맥이 끊어졌으나 장옥암이 출현하여 다시 그 맥을 잇게
되었음을 강조하였다. 그 다음 <요>에서는 작자가 장옥암의 초
서를 감상한 후 그것의 아름다움과 뛰어난 예술성에 대해 극찬
하였다. <오살>과 <사>에서는 장옥암 초서의 전반적인 풍격을
높이 찬양하고, <삼>에서 <일>까지는 장옥암 초서의 필획, 그
것의 예술성과 풍격을 논하고, 장옥암이 전인들의 전통을 계승
하면서 그들의 영향을 받아들인 점에 대해 칭찬을 아끼지 않았
다. 또 역대 서예의 대가인 안진경과 소동파·미불·황정견 등
의 장점을 모두 취하여 그 정수를 얻어 자신만의 독특한 예술

적 경지를 개척하였으며, 그가 이렇게 서예에 달통할 수 있게
된 비결을 설명하기도 하였다. 마지막으로 <미>에서는 장옥암
초서가 세상에 둘도 없는 천하제일이라고 다시 한 번 찬탄한
다음, 장옥암 서예의 가치와 의의를 종합적으로 평가하였다.

반섭조 쇄해아

말을 빌려주고

<쇄해아>
근래에 포초(蒲梢) 같은 좋은 말을 사서,
목숨처럼 아끼며 돌본다.
밤이면 사료를 수십 번이나 주어,
피둥피둥 살찌도록 길렀네.
조금만 더러워도 재빨리 씻어주고,
조금만 피로해도 말에서 내린다네.
어떤 무식한 놈이 있어,
빌려 달라 말을 하면,
면전에서 차마 거절을 못하네.

<칠살>
마지못해 구유에서 말을 끌어내어,
느릿느릿 뒤를 따른다.
화난 심정으로 말안장을 채우고,
잠시 깊게 생각하다가 말하려도 할 수 없네.
사리를 모르는 놈이 아는지 모르는지,
그도 모르지는 않을 텐데,
남의 활은 당기지 말고,
남의 말은 타지 말라는 말을 듣지도 못했던가!

<육>

타지 않을 때는 서늘한 시렁 아래 매어두고,

탈 때는 평지를 가려서 타라.

푸르고 연한 풀을 자주 먹이고,

쉴 때는 뱃대끈을 느슨하게 풀어줘라.

말 위에 오래 앉았으면 엉덩이를 살짝 옮겨주고,

안장과 고삐를 부지런히 살펴라.

등자를 조심해서 밟고,

재갈을 잡고 끌지 마라.

<오>

배고프면 풀 먹이고,

목마르면 물 먹여라.

안자의 방석은 거친 담요를 사용하지 말고,

뒤통수를 채찍으로 때려서도 안 되며,

벽돌이나 기와 위에 말발굽을 부딪치게 해서도 안 된다.

다음 말을 명백히 기억하라.

배부를 때 타고 다니지 말고,

물 먹었을 때 타고 달리지 말라.

<사>

똥을 쌀 때는 마른 곳에 싸도록 해주고,

오줌 눌 때는 깨끗한 곳에 누도록 해줘라.

매어둘 때는 단단한 말뚝을 가려서 매어두라.

길 위에서 벽돌 덩어리를 밟도록 하지 말고,

물을 건널 때는 진흙을 밟지 않게 하라.
이 말은 사람을 알아보는 것이,
관우의 적토마 같고,
장비의 오추마 같다네.

<삼>
땀을 흘릴 때는 처마 밑에 매어두지 말고,
물로 씻을 때는 생식기를 쳐서는 안 되며,
풀은 연하게 삶고 잘게 썰어 억여라.
언덕을 올라갈 때는 너의 몸을 천천히 세워주고,
언덕을 내려올 때는 빨리 내려오게 하지 마라.
남에게 내가 너무 궁상맞다 하지 마라.
채찍으로 말의 눈을 후려치지 말고,
채찍으로 말의 털을 비벼 훼손하지 마라.

<이>
빌려주지 않으면 친구를 미워하고,
빌려주지 않으면 얼굴을 돌린다.
말 앞으로 다가가서 간곡히 부탁하니 기억하라.
안장 위에서 너를 때리는 놈은,
거시기 같은 놈임을 의심하지 마라.
길게 탄식하노라.
슬프고 원망스럽다.
매우 애통하구나.

<일>

아침에 너를 남에게 빌려주고,
해질 무렵 너를 바라보면서,
문에 기대어 집에 돌아오기만 기다리니,
애간장이 마디마디 끊어지는 듯하네.
귀 기울여 누누이 너의 울음 듣는다.
잘 가라는 말 한마디에,
두 줄기 눈물이 흐르는구나.

<미>

말도 안 되지 말도 안 돼,
너무하지 너무해.
방금 한 말을 꼭 기억해라.
단숨에 어김없이 너에게 빌려주었으니.

借馬

<要孩兒> 近來時買得匹蒲梢騎, 氣命兒般看承愛惜. 逐宵上草料數十番, 喂飼得漂息胖肥. 但有些穢汚卻早忙刷洗, 微有些辛勤便下騎. 有那等無知輩, 出言要借, 對面難推.

<七煞> 懶設設牽下槽, 意遲遲背後隨, 氣忿忿懶把鞍來鞲. 我沉吟了半晌語不語, 不曉事頹人知不知. 他又不是不精細, 道不得他人弓莫挽, 他人馬休騎.

<六> 不騎呵西棚下涼處拴, 騎時節揀地皮平處騎. 將青青嫩草頻頻的喂. 歇時節肚帶松松放, 怕坐的困尻包兒款款移. 勤覷著鞍和轡, 牢踏著寶鐙, 前口兒休提.

　〈五〉饑時節喂些草, 渴時節飮些水. 著皮膚休使粗氈屈, 三山骨休使鞭來打, 磚瓦上休敎穩著蹄. 有口話你明明的記, 飽時休走, 飮了休馳.

　〈四〉拋糞時敎幹處拋, 尿綽時敎淨處尿, 拴時節揀箇牢固椿橛上系. 路途上休要踏磚塊, 過水處不敎濺起泥. 這馬知人義, 似雲長赤兔, 如益德烏騅.

　〈三〉有汗時休去簷下拴, 渲時休敎侵著頰, 軟煮料草鍘底細. 上坡時款把身來聳, 下坡時休敎走得疾. 休道人忒寒碎, 休敎鞭颭著馬眼, 休敎鞭擦損毛衣.

　〈二〉不借時惡了弟兄, 不借時反了面皮. 馬兒行囑咐叮嚀記, 鞍心馬戶將伊打, 刷子去刀莫作疑. 則嘆的一聲長籲氣, 哀哀怨怨, 切切悲悲.

　〈一〉早晨間借與他, 日平西盼望你, 倚門專等來家內. 柔腸寸寸因他斷, 側耳頻頻聽你嘶. 道一聲好去, 早兩淚雙垂.

　〈尾〉沒道理沒道理, 忒下的忒下的. 恰才說來的話君專記, 一口氣不違借與了你.

　* 쇄해아(耍孩兒): 곡패의 이름으로 [반섭조] 투수의 첫 곡에
　　사용된다.
　* 포초(蒲梢): 옛날에 천리를 달릴 수 있다는 준마의 이름이다.
　* 쇄자거도(刷子去刀): 송원시기 구란(勾欄)에서 유행하던 절
　　백도자(折白道字)의 표현수법으로 옛날 우리나라에서도 유
　　행했던 파자(破字)와 유사하다. 즉 刷자에서 刀를 떼어내면
　　'屍+巾'만 남는데 이 글자는 남자의 생식기를 뜻하는 屌
　　(초) 자와 같다. 지금도 상대방을 욕할 때 쓰는 "×× 같은

놈”과 같은 욕설이다.

    이 투수는 말을 대단히 소중히 아끼는 사람이 남에게 말을
빌려줄 때의 심정을 해학적이고 풍자적으로 서술하였다. 첫곡
<쇄해아>에서는 평소에 말 주인이 말을 자기 생명같이 아끼고
돌보는 지극한 정성에 대해 이야기한 다음, 누가 찾아와서 빌
려 달라 하면 싫어도 면전에서 차마 거절 못하는 모순된 심리
를 묘사하였다. <칠살>은 막상 말을 빌려주기로 결심하고 구유
에서 말을 끌어내지만 마음은 여전히 불쾌하여 내심 그를 원망
하는 주인의 심리를 쓴 것이다.
    <육>에서 <삼>까지는 말 주인이 말을 빌려주면서 빌려가는
사람에게 부탁하는 말이다. 그 내용은 모두 말을 탈 때와 타지
않을 때의 관리에 관한 것으로 말 주인의 인색한 심리가 매우
잘 나타나 있다. <이>는 어쩔 수 없이 말을 빌려주어야 하는
마음을 다시 한 번 서술하고, 계속하여 말을 빌려준 데 대한
애통한 심정을 묘사하였다. 여기에서 작자는 말 주인이 말에게
부탁하는 말 중에 “안장에서 너를 때리는 놈은, 거시기 같은
놈임을 의심하지 마라.(鞍心馬戶將伊打, 刷子去刀莫作疑.)”라
는 말을 썼는데, 이것은 당시에 구란(勾欄)에서 유행하던 절백
도자(折白道字)의 표현수법이다. <일>은 말을 빌려주고 잠시도
기다리지 못하는 주인의 애틋한 그리움을 묘사한 것인데 마치
연인과 이별한 듯한 정서를 느낄 수 있을 정도로 애절하면서도
익살스럽다. <미>는 주인이 말을 빌려준 후에 빌려간 사람이
너무 무식하고 심하다는 원망을 혼잣말로 중얼거리는 것이다.

　전반적으로 말 주인에 대한 성격묘사가 뚜렷하며, 빌려주기 싫지만 억지로 빌려주는 주인의 이중심리도 매우 섬세하게 묘사되어 있다. 특히 곡의 특징인 구어를 적극적으로 운용하여 내용이 더욱 생동감 있으며, 또한 해학적이고 풍자적이며 과장된 필치를 사용하여 말 주인의 인색한 형상 속에서 당시의 돈 많은 부유층에 대한 심리와 생태를 암암리에 반영하였다.

쌍조 신수령

서호에 부쳐

<신수령>
거울같이 맑은 사계절 호수,
그림같이 펼쳐진 산수강산.
명승지라 자처하여,
화사로움 모이는 곳,
누군가 화려하게 꾸미지 않아도,
산경(山景)이란 본시 더없이 아름답다네.

<경동원>
따스한 날 가마타고,
봄바람에 말 가는대로,
때마침 한식(寒食)이라 곳곳에 그네 있네.
사람보고 아양 떠는 살구꽃,
옷을 스치는 버들개지,
사람 향해 방긋 웃는 복사꽃.
오락가락 노니는 화려한 배,
펄럭 펄럭 나부끼는 주점의 깃발.

<조향사>
서늘한 바람 쐴 때,

물결이 모래밭에 넘실,
향기로운 마름 위로 갈대 무성한 호수.
맑은 옥 술잔 같고,
푸른 옥 술잔 같네,
이렇게 누각은 때마침 여름이라,
냉수에 배와 오이를 담가 먹는 것보다 더 좋아라.

<괘옥구>
굽이진 고갯길은 서리 맞은 낙엽에 미끄러운데,
누가 가을을 적막하고 쓸쓸하다 했던가!
가장 좋은 건 서호의 술집,
국화 동쪽 울타리 아래 피었네.
입동에서,
곧 섣달그믐.
눈송이처럼 하얀 들매화,
핏방울처럼 빨간 동백꽃.

<석죽자>
화려한 전당의 부귀한 집,
잠영(簪纓)과 화극(畫戟)의 관아,
인생백년 얼마나 즐길 수 있겠는가,
애석하게도 청춘은 지나가버렸네.

<산석류>
노는 흔들흔들,
그 소리 탄식 같네,

청춘시절의 꿈은 원대했지만,
대자연의 변화가 죽음을 재촉하네.
허명을 다툰들 무엇 하리!
외로이 떠있는 배 홀로 탄다.
공명은 이미 어부와 나무꾼의 말속에 있으니,
석잔 술에 만사를 잊어버리자.

〈취낭자〉
정말로 취하리.
정말로 취하리.
남쪽 봉우리 가리키며,
서쪽 누각 횡설수설,
정말로 취하리라.

〈일정은〉
이곳에서 만년을 조용히 마치려 해도 역부족이고,
주머니와 궤짝은 텅 비었네.
아들 딸 성혼시킨 후에,
산림으로 돌아가리.

〈부마환조〉
신선궁을 생각하니 관와궁(館娃宮)과 비슷하고,
비래봉을 훑어보니 무협(武俠)보다 뛰어나네.
갈선옹(葛仙翁)이여 곽박이여,
앵두 같은 단사(丹砂)여.

<호십팔>
구름위로 솟은 탑,
햇살가로 비친 노을,
다리위의 나그네,
나무위의 까마귀,
수정(水亭)과 산각(山閣)에 해는 서쪽으로 기우는데,
아,
늙은이 취하여,
신선의 낭원(閬苑)으로 뗏목 타고 떠나리.

<아납홀>
산에는 뽕과 삼을 심고,
호수에서 여생을 보낸다.
베갯머리엔 개구리 노랫소리,
강가에는 비파소리 들려오네.
어촌엔 단지 거위와 오리 많아 기쁘고,
사립문엔 한평생 거마 소리 끊겼네.
죽관으로 계곡물 끌어들여,
솥에 끓여 춘차(春茶)를 마셔본다.
고산(孤山)에서 매화 있는 곳 찾아,
초가지붕 단장하네.
임화정(林和靖)은 이웃집,
물 한 모금 마시며 서호에서 마음껏 즐기노라.

題西湖

〈新水令〉 四時湖水鏡無瑕, 布江山自然如畫, 雄宴賞, 聚奢華. 人不奢華, 山景本無價.

〈慶東原〉 暖日宜乘轎, 春風堪信馬, 恰寒食有二百處秋千架. 向人嬌杏花, 撲人衣柳花, 迎人笑桃花. 來往畫船遊, 招颭青旗掛.

〈棗鄉詞〉 納涼時, 波漲沙, 滿湖香芰荷兼葭. 瑩玉杯, 青玉斝, 恁般樓臺正宜夏, 都輸他沈李浮瓜.

〈掛玉鉤〉 曲岸經霜落葉滑, 誰道是秋瀟灑, 最好西湖賣酒家, 黃菊綻東籬下. 自立冬, 將殘臘, 雪片似江梅, 血點般山茶.

〈石竹子〉 錦繡錢塘富貴家, 簪纓畫戟官宦衙. 百歲能歡幾時價, 可惜韶華過了他.

〈山石榴〉 櫓搖搖, 聲嗟呀, 繁華一夢天來大, 風物逐人化. 虛名爭甚那, 孤舟駕. 功名已在漁樵話, 更飲三杯罷.

〈醉娘子〉 眞箇醉也麼沙, 眞箇醉也麼沙. 笑指南峰, 卻道西樓, 眞箇醉也麼沙.

〈一錠銀〉 欲賦終焉力不加, 囊篋更俱乏, 自賽了兒婚女嫁, 卻歸來林下.

〈駙馬還朝〉 想像間神仙宮類館娃, 俯仰間飛來峰勝巫峽. 葛仙翁郭璞家, 幾點林櫻似丹砂.

〈胡十八〉 雲外塔, 日邊霞, 橋上客, 樹頭鴉, 水亭山閣日西斜, 哎, 老子醉麼, 宜閬苑泛浮槎.

〈阿納忽〉 山上栽桑麻, 湖內尋生涯. 枕頭上鼓吹鳴蛙, 江上聽甚琵琶.

〈尾〉 漁村偏喜多鵝鴨, 柴門一任絕車馬. 竹引山泉, 鼎試雷芽. 但得孤山尋梅處, 苦間草廈. 有林和靖是鄰家, 喝口水西湖上快活煞.

* 신수령(新水令): 곡패의 이름으로 [쌍조] 투수의 첫 곡에 사용된다.
* 청기(靑旗): 술집 깃발인데 푸른 천으로 만들었기 때문에 붙여진 이름이다.
* 향기하겸가(香菱荷蒹葭): 향기로운 마름은 물속에 잠겨있고 갈대는 수면 위로 나와 있다는 의미이다. 기(菱)는 물풀의 하나인 마름(바늘꽃과의 한해살이 수초), 겸가(蒹葭)는 갈대, 하(荷)는 받아들인다는 뜻이다.
* 가(斝): 옥으로 만든 술잔.
* 임반(恁般): 저반(這般). 이렇게, 이와 같이.
* 도수타(都輸他): 도승과(都勝過). 모두…하는 것보다 낫다.
* 산차(山茶): 동백나무의 다른 이름.
* 전당(錢塘): 지금의 절강성 항주시.
* 화극(畫戟): 관아에 진열된 알록달록 문양이 새겨진 갈래창. 극(戟: 갈래창)은 고대 중국에 사용된 독특한 갈고리 무기의 하나로 과(戈)와 비슷하나 자루 끝에 날카로운 날이 선 창끝을 겸한 병기이다.
* 소화(韶華): 춘광(春光), 즉 봄볕으로 청춘시기를 비유한다.
* 차하(嵯呀): 탄식하는 소리. 여기서는 노를 저을 때 나오는 소리
* 갈선옹(葛仙翁): 갈현(葛玄), 자는 효선(孝先). 삼국시대 오나라 단양(丹陽) 사람으로 신선술을 좋아하여 세상에서는 그를 갈선옹(葛仙翁) 또는 태극선옹(太極仙翁)이라 일컬었다.
* 곽박(郭璞: 276~324): 자가 경순(景純), 진(晋)나라 문희(聞喜) 사람으로 사부에 능하였고 음양·역산·오행·복서

(葡筼)의 술에 뛰어났으며 유선시(遊仙詩)로 유명하다.
* 임화정(林和靖): 송대 시인 임포(林逋). 그는 욕심이 없고
  마음이 깨끗하여 명리를 추구하지 않았다. 서호의 고산(孤
  山)에 은거하여 매화를 가꾸고 학을 키우는 것을 낙으로 삼
  았기에 매처학자(梅妻鶴子: 매화를 아내로 삼고 학을 자식
  으로 삼았다는 뜻)라 일컬어졌다.

이 투수는 『이원악부』와 『성세신성』, 『옹희악부』에 실려 있
다. 『북사광정보』에는 <조향사>·<산석류>·<취낭자>·<부마
환조>가 인용되어 있고, 『구궁대성(九宮大成)』에는 <경동원>,
『구궁대성』에는 <조향사>·<석죽자>에서 <미>까지 인용되어
있다. 『성세신성』에는 제목이 없고, 『옹희악부』와 『구궁대성』
에는 모두 작자가 적혀있지 않다. 『옹희악부』에는 제목이 「서
호」라 되어있다. 『북사광정보』에는 왕백성(王伯成)의 작이라
되어있고, 『이원악부』에는 마치원의 작이라 되어있다.
  서호의 풍경은 사계절 모두 아름답다. 작자는 대자연의 풍광
에 깊이 도취되어 부귀공명의 허망함과 의욕상실로 곤경에 처
한 고뇌를 느꼈다. 이 투곡에서는 은일생활에 대한 작자의 동
경을 표출하였는데, 이는 작자가 항주에서 타향살이하면서 생
계가 어려워졌을 때 지은 작품이다.

쌍조 야행선

가을 생각

<야행선>
백년의 세월도 일장춘몽,
다시 돌아봐도 지난일 탄식 뿐.
오늘 봄이 오지만,
내일 아침 꽃은 시드니,
밤 깊어 등불 꺼지기 전에 빨리 술잔이나 드세.

<교목사>
진한(秦漢)의 궁궐을 생각하니,
모두 다 시든 풀밭 소와 양의 들판이 되었네.
아니었으면 어부와 나무꾼은 할 말이 없었겠지.
황폐한 무덤가에 부서진 비석,
글자도 알아보지 못하겠구나.

<경선화>
여우와 토끼 굴이 된 무덤에,
얼마나 많은 호걸들이 다녀갔나!
삼국의 정립이 견고했어도 중도에 다 망했으니,
위(魏)나라 호걸인가! 진(晉)나라 호걸인가!

<낙매풍>
하늘이 그대를 부유하게 해줬더라도,
너무 사치하지 마세.
좋은 낮 좋은 밤이 많지는 않다네.
부자들아 그대의 마음이 쇠 같은 수전노라도,
어찌 금당(錦堂)의 풍월을 저버리겠는가!

<풍입송>
지금 붉은 해가 또다시 서쪽으로 기우는데,
비탈길 내려가는 수레처럼 빠르네.
거울 속엔 백발만 더해져,
침상에 오르면서 신발과 이별하네.
까치둥지에 사는 비둘기처럼 졸렬하다 비웃지 마세,
어리벙벙하게 지금껏 어리석은 척 하였다네.

<발부단>
명리도 다하고,
시비도 그쳤네.
세속을 문 앞으로 끌어오지 않으니,
푸른 나무는 집의 모서리를 가려주고,
푸른 산을 무너진 담장을 채워주어,
거기에 대울타리와 초가집이 더욱 잘 어울리네.

<이정연살>
귀뚜라미소리 그쳐야 편히 잠들고,
닭 울면 일어나 많은 일에 쉬지도 못하네.

언제나 그치려나?

빽빽하게 줄지어 먹이 나르는 개미 떼,

어수선하게 꿀 나르는 꿀벌,

바쁘게 피를 핥는 파리를 보는 듯하네.

배도(裵度)의 녹야당,

도연명의 백련사.

좋아하는 가을 오면,

이슬 맺힌 국화 따고,

서리 맞은 자줏빛 게 쪼개며,

낙엽 태워 술 데우리.

일생동안 마실 술은 유한하고,

중양절은 모두 몇 번이나 남았으랴.

사람들이 나를 물으면 아이야 기억해 둬라.

북해의 공융(孔融) 같은 명사가 찾아와도,

나 동리(東籬)는 술에 취했다고 말하라!

秋思

<夜行船> 百歲光陰一夢蝶, 重回首往事堪嗟. 今日春來, 明朝花謝, 急罰盞夜闌燈滅.

<喬木查> 想秦宮漢闕, 都做了衰草牛羊野. 不恁麼漁樵沒話說. 縱荒墳橫斷碑, 不辨龍蛇.

<慶宣和> 投至狐蹤與兔穴, 多少豪傑! 鼎足雖堅半腰裏折, 魏耶晋耶!

<落梅風> 天敎你富, 莫太奢, 沒多時好天良夜. 富家兒更做道你心似鐵, 爭辜負了錦堂風月.

<風入松> 眼前紅日又西斜, 疾似下坡車. 不爭鏡裏添白雪, 上牀
與鞋履相別. 休笑巢鳩計拙, 葫蘆提一向裝呆.

<撥不斷> 利名竭, 是非絶. 紅塵不向門前惹, 綠樹偏宜屋角遮,
青山正補牆頭缺, 更那堪竹籬茅舍.

<離亭宴煞> 蛩吟罷一覺才寧貼, 雞鳴時萬事無休歇. 何年是徹.
看密匝匝蟻排兵, 亂紛紛蜂釀蜜, 急攘攘蠅爭血. 裵公綠野堂, 陶令
白蓮社. 愛秋來時那些, 和露摘黃花, 帶霜分紫蟹, 煮酒燒紅葉. 想
人生有限杯, 渾幾箇重陽節? 人問我頑童記者, 便北海探吾來, 道
東籬醉了也!

* 야행선(夜行船): 곡패의 이름으로 [쌍조] 투수의 첫 곡에
  사용된다.

* 몽접(夢蝶): 『장자』「제물론」에 나오는 호접몽(胡蝶夢) 고
  사를 가리킨다. 어느 날 장주(莊周)가 꿈을 꾸었는데 나비가
  되어 꽃밭 사이를 즐겁게 날아다녔다. 그러다가 문득 깨어
  보니 자기는 분명 장주가 되어 있었다. 도대체 장주인 자기
  가 꿈속에서 나비가 된 것인지, 아니면 나비가 꿈에 장주가
  된 것인지를 구분할 수 없었다. 장주가 곧 나비이고, 나비가
  곧 장주라는 경지, 이처럼 피아(彼我)의 구별을 잊는 것, 또
  는 물아일체(物我一體)의 경지를 비유해 호접지몽(胡蝶之
  夢)이라한다. 여기서는 인생이 꿈처럼 덧없음을 비유한 것이
  다.

* 벌잔(罰盞): 이것은 술을 권하여 마신다는 의미이다. 옛날
  중국 사람들은 술자리에서 술은 다 마시지 못하면 벌주를
  마셔야 했는데 이것을 부백(浮白)이라 하였다. 부백은 거백

(擧白)과 같은 뜻으로, 고대 발음상 부(浮)는 벌(罰)과, 백
(白)은 배(杯)와 비슷하여 나온 말이라고 한다.

* 란(蘭): 다하다.

* 불임마(不恁麼): 불여차(不如此). 이와 같지 않다. 이렇지
않다.

* 용사(龍蛇): 구불구불 쓴 글씨체를 가리킨다. 진한 때의 서
체인 전서는 구불구불하여 굴곡이 많았기 때문에 용과 뱀의
모양에 비유 하였다. 이백은 「초서가행(草書歌行)」에서, "때
로는 용과 뱀처럼 구불구불 기어간 것만 보이고, 번개처럼
왼쪽으로 돌다가 오른쪽으로 꺾이네.(時時只見龍蛇走, 左盤
右蹙如驚電.)"라고 하였고, 소동파는 「서강월(西江月)」에
서, "십년동안 늙은 신선은 보이지 않고, 벽에는 용과 뱀이
나는 듯한 글씨만 남아있네.(十年不見老仙翁, 壁上龍蛇飛
動)"라고 하였다.

* 정족(鼎足): 위·촉·오 삼국이 정립한 형세.

* 호천양야(好天良夜): 좋은 낮 멋진 밤. 즉 좋은 시절을 가리
킨다.

* 갱주도(更做道): 설령(설사) … 일지라도.

* 금당(錦堂): 주금당(晝錦堂). 북송 때의 재상 한기(韓琦)가
고향 안양(安陽)에 지은 건물로 대단히 호화로웠다고 하는
데, 여기서는 부유하고 고귀한 생활을 가리킨다.

* 쟁(爭): 어찌.

* 풍월(風月): 아름다운 경치.

* 부쟁(不爭): 구균은 가령·만약(假使), 장상(張相)의 『시사
곡어사회석(詩詞曲語辭滙釋)』에서는 단지(只爲), 유익국의
『마치원산곡교주』에서는 뜻밖에(不意)라 하였다. 본서에는

앞뒤 문맥으로 볼 때 장상의 설을 타당한 것으로 받아들여
단지라고 번역하였다.

* 호로제(葫蘆提): 어리석다.
* 영첩(寧貼): 편안하고 무탈하다.
* 밀잡잡(密匝匝): 바람이 스며들 틈도 없이 빽빽한 모양.
* 급양양(急攘攘): 매우 바쁘게 앞뒤를 다투는 모양.
* 배공(裵公): 당나라 헌종(憲宗) 때 재상을 역임하였던 배도
  (裵度)를 가리킨다. 그는 채(蔡)를 평정한 공으로 진국공(晋
  國公)에 봉해져 30년간 조정대사를 주관하였으나, 그 후 환
  관이 권력을 장악하여 전횡을 일삼자 관장(官場)에서 물러
  나와 낙양에 녹야초당(綠野草堂)을 짓고 은거하여 명사들과
  시주로써 교유하며 세상일에 관여하지 않았다.
* 도령(陶令): 팽택현령을 역임한 동진의 시인 도연명을 가리
  킨다. 같은 시기에 고승 혜원법사(慧遠法師: 334-416)는
  여산(廬山) 호계(虎溪) 동림사(東林寺)에서 은자와 명사들
  을 모아 백련사를 맺었는데 도연명도 거기에 초대되었다.
* 북해(北海): 원래 한나라 때 산동 동부에 있던 군의 하나였
  는데, 여기서는 헌제 때 북해의 태수를 역임하였던 공북해
  (孔北海), 즉 공융(孔融)을 가리킨다. 공융은 후한 말기의
  학자로 어려서부터 재능이 뛰어났고 문필에도 능하여 건안
  칠자(建安七子)의 한 사람으로 불렸다. 그는 선비를 좋아하
  는 성품이라서 당시의 명사들이 항상 그의 집에 끊이지 않
  았는데. 이에 그는 "자리에는 항상 손님이 가득하고 술동이
  에 술이 비어있지 않다면 나는 아무런 걱정이 없겠다. (座上
  客常滿, 樽中酒不空, 吾無憂矣.)"라고 하였다. 조조를 비판
  하다 미움을 받아 일족과 함께 처형되었다.

* 동리(東籬): 마치원의 호. 작자는 도연명의 「음주」 시 "동쪽
  울타리 아래에서 국화를 따고, 유연히 남산을 바라보네.(采
  菊東籬下, 悠然見南山)"라는 구절에서 동리(東籬: 동쪽 울
  타리)를 따서 자기의 호로 삼고, 도연명의 은일생활에 대한
  동경을 표하였다.

  이 투수는 『이원악부』·『중원음운』·『성세신성』·『사학(詞
謔)』·『옹희악부』·『요산당외기(堯山堂外紀)』·『구궁대성』에 실
려 있고, 『태화정음보』에는 <야행선>·<풍입송>·<이정연살>
이 인용되어 있다. 『이원악부』와 『성세신성』·『사학』·『옹희악
부』에는 모두 제목이 없고, 『성세신성』과 『구궁대성』에는 작자
가 없으며, 『중원음운』과 『요산당외기』에는 제목이 「추사(秋
思)」로 되어있다.
  이 투수는 마치원의 대표작으로 여기에는 작자의 사상 감정
과 생활 면모가 잘 나타나 있다. 이 투곡의 주제사상은 봉건사
회의 공명이록(功名利祿)과 부귀영화에 대한 부정이다. 작자는
한편으로는 원대 몽고족 통치하에서 명리를 쟁탈하고 공명을
추구하는 추악한 현실을 폭로하고, "빽빽하게 줄지어 먹이 나
르는 개미 떼, 어수선하게 꿀 나르는 꿀벌, 바쁘게 피를 핥는
파리"처럼 그렇게 명리에 집착하는 사람들의 온갖 파렴치한
추태를 묘사하여, 부패한 현실에 대한 강력한 불만을 토로하였
다. 그리고 다른 한편으로는 혼탁한 세상을 멀리 벗어난 도연
명과 배도(裵度) 등의 생활정서를 열렬하게 찬양하면서, 극도
로 부패하고 열악한 당시의 정치적 환경 속에서도 퇴폐적인 시

류에 동조하지 않고 권력의 앞잡이가 되기를 거부한 작자의 고결한 정신을 반영하였다. 이 곡에는 시대적 분위기와 현실적 의미가 강하게 나타나 있으면서, 또한 인생무상과 의기소침의 소극적인 사상도 엿보인다.

원대 주덕청은 『중원음운』에서 이 작품을 투수의 정격으로 보고, "이러한 것이 바로 악부이다. 운자를 중복하지 않고 츤자도 없으며 어려운 운자를 사용하였으나 언어의 운용이 뛰어나다. 사람들은 백 개 중에 이보다 뛰어난 게 하나도 없을 것이라고 말하지만 나는 만개 중에 하나도 없을 것이라고 말하겠다.(此方是樂府, 不重韻, 無襯字, 險韻, 語俊, 諺雲百中無一, 餘曰萬中無一.)"라고 극찬하였다. 그리고 전체적으로 보아 "타당하지 않는 글자가 하나도 없으니 후배들이 배워야한다.(無一字不妥, 後輩學去)"라고 하면서 칭송을 아끼지 않았다. 명대에 왕세정은 『곡조(曲藻)』에서 마치원의 이 투곡을 "호방하여 거리낌 없고 굉장하게 아름다우면서 본색을 벗어나지 않았다.(放逸宏麗, 而不離本色)"라고 찬미하였다. 전반적으로 이 작품의 풍격은 호방하고 언어는 자연스러우면서 내용도 재미있게 구성되어 있다. 어휘의 운용에서도 적절하지 않다거나 형상적이지 않는 구절이 하나도 없으며, 글자의 행간에는 작자의 희로(喜怒)와 애증(愛憎)이 넘쳐나 예술성이 풍부하니, 이는 원인산곡(元人散曲) 투수 중에서 보기 드문 명작임에 틀림없다.

상조 집현빈

그리움

\<집현빈\>
먼 하늘가 나그네 된 후,
소식이 끊어졌네.
날마다 버선이 차가운 건,
푸른 이끼에 젖었기 때문,
동풍을 향해 붉은 문 기대지 않고,
석양 무렵 조용히 섬돌에 섰다.
퐁당 돌이 바다에 가라앉는데,
그는 청산 밖에 있네.
궁엽(宮葉)을 시제로 하여,
수줍게 해당화 피는 꽃 바라보네.

\<요\>
봄빛은 돈 있으면 사기 쉽지만,
가을빛은 가장 마음을 상하게 한다.
그는 뿌리 없는 쑥 같으니,
이렇게 의지할 데 없어도 세상을 증오하지 않는다.
만약 내가 줄 끊어진 연이라면,
누구의 집에 떨어질 지도 알겠다.
근래에 세상의 덧없음 알았노라.

그를 저버린 것 적은데 고통의 빚은 이토록 많으니,
이별의 기한 헤아리며,
점치러 갈 돈이나 준비해야지.

<금국향>
대감집에 데릴사위로 들어가느라,
기방에서 이름을 얼마나 지웠을까?
어수선한 마음에,
버들잎 같은 눈썹으로,
기생거리 지나칠 당신을 기다리오.

<낭래리>
경루(更漏)의 물이 오래 걸려,
어찌나 느리게 떨어지는지,
다듬이소리 멈추자 뿔피리소리 슬퍼구나.
등불은 있어도 달빛 없어 아쉬워하며,
무엇을 상대할까,
달그림자 서재를 감싸오네.

<미>
밤비소리 무정하고,
창문소리 천천히 삼천 번,
그 운치 귀뚜라미 귀에 들어간 듯,
눈물 죽죽 흘러 뺨에 가득,
텅 빈 대 울림소리,
저녁바람에 키질하고,

여전히 파초잎 너는데,
내님은 어디에 있을까?
돌연히 비바람 따라 그리움 생기네.

思情

<集賢賓>　天涯自他爲去客, 黃犬信音乖. 日日淩波襪冷, 濕透
靑苔. 向東風不倚朱扉, 傍斜陽也立閑階, 撲通地石沉大海, 人更在
靑山外. 倦題宮葉字, 羞見海棠開.

<么>　春光有錢容易買, 秋景最傷杯. 他便似無根蓬草, 任飄零不
厭塵埃. 假饒是線斷風箏, 落誰家也要箇明白. 近來自知浮世窄, 少
負他惹多苦債, 別離期限數, 占葡卦錢排.

<金菊香>　敢投了招婿相公宅, 多就了除名煙月牌, 迷留沒亂處
猜. 柳葉眉兒好, 等你過章臺.

<浪來裏>　更漏永, 怎地捱. 砧聲才住角聲哀. 有燈光恨殺無月
色, 是何相待. 姮娥影占了看書齋.

<尾>　聽夜雨無情, 哨紗窗緊慢有三千解, 韻欺蛩入耳, 點共淚盈
腮. 疏竹響, 晩風篩, 剗地將芭蕉葉兒擺. 意中人何在. 猛隨風雨上
心來.

* 상조(商調): 궁조의 이름으로 『태화정음보』에서는 "상조는
　처량하면서도　원망하듯　사모하듯　노래한다.(商調唱凄愴怨
　慕)"라고 하였다.
* 집현빈(集賢賓): 곡패의 이름으로 [상조] 투수의 첫 곡에
　사용된다.

* 능파말(凌波襪): 조식의 「낙신부」에서 나왔는데, 원뜻은 낙수(洛水) 신녀의 가벼운 걸음걸이를 형용한 것이다. 후에는 파생되어 여자들이 신는 버선의 미칭으로 사용하였다. 여기서는 푸른 이끼 위의 이슬에 버선이 젖었음을 묘사하여 오랫동안 서있었음을 말하고 있다.

* 인재청산외(人在青山外): 근심에 싸인 아낙네가 멀리 있는 나그네를 생각하는 것이다. 여기서는 나그네가 멀리 떠나 소식이 묘연하니 사람이 청산 밖에 있다는 것으로써 그가 멀리 있음을 비유하였다.

* 연월패(煙月牌): 기원의 간판 또는 기원을 가리킨다. 연월은 기녀를 가리킨다.

* 장대(章臺): 원래 궁궐 이름이었다. 전국시대 진(秦)나라에 궁궐 안에 장대(章臺)가 있었기 때문에 붙여진 이름이다. 한대에는 장대 아래에 거리가 있어서 장대가(章臺街)라 하였다. 후에 장대로써 주색을 즐기는 장소를 비유하였다.

원대에는 여성들의 사회적 지위가 대단히 낮았다. 그녀들은 민족적 억압에 신분적 차별이라는 이중고를 겪었다. 작자는 더없는 동정적인 필치로 이러한 고난을 묘사하였다. 멀리 길을 떠났다가 돌아오지 않은 남편을 그리워하는 여인의 심정을 작자는 이렇게 묘사하였던 것이다.

여기에는 그리움뿐만 아니라 근심도 있고 두려움도 있다. 부부가 함께 잘 지내다가 남편이 길을 떠난 후에 끊어진 연실처럼 돌아오지 않으니 어느 대감집에 몸을 의탁하거나 기생집에서 새로운 여자가 된다. 아내는 단지 홀로 빈방을 지키며 점괘를 쳐보지만 두 눈에는 눈물이 가득해진다. 봉건사회에 여인들의 운명은 이토록 비참하고 그녀들의 권리도 이렇게 아무런 보장을 받지 못하였다.

<索 引>

저자소개 ●─────────────────────────────

경상대학교와 성균관대학교 대학원에서 중국문학을 전공해 원대산곡
연구로 박사학위를 받았다. 중국산동대학교 문학원 연구위원을 거쳐
현재 동양대학교 교양학부와 대학원 한중문화학과 교수로 있다.

저역서로는 <중국의 어제와 오늘>(평민사), <중국 고대산곡 형식
발전사>(문영사), <백석사의 예술세계>(문영사) 등.

주요논문으로는 <마치원산곡연구>, <궁조의 개념에 관한 연구>,
<관한경산곡연구>, <원호문의 산곡연구>, <산곡 본색론>, <노지의
산곡연구>, <백박의 산곡연구> 등.

~~~~~~~~~~~~~~~~~~~~~~
난세의 풍류객
마치원의 산곡 세계
~~~~~~~~~~~~~~~~~~~~~~

초판 인쇄 2018년 4월 20일
초판 발행 2018년 4월 25일

저　　자　김덕환
발 행 인　윤석산
발 행 처　지식과교양
등록번호　제2010-19호
주　　소　서울시 도봉구 쌍문1동 423-43 백상 102호
전　　화　(02) 900-4520 (대표) / 편집부 (02) 996-0041
팩　　스　(02) 996-0043
전자우편　kncbook@hanmail.net

© 김덕환 2018 All rights reserved. Printed in KOREA

ISBN 978-89-6764-115-3 93820　　　　　　정가 23,000원